WITHOUT END
NEW AND SELECTED POEMS BY ADAM ZAGAJEWSKI

无止境

扎加耶夫斯基诗选

Adam Zagajewski

[波兰] 亚当·扎加耶夫斯基 / 著

李以亮 / 译

南方出版传媒
花城出版社
中国·广州

图书在版编目（CIP）数据

无止境：扎加耶夫斯基诗选 /（波兰）扎加耶夫斯基著；李以亮译. -- 广州：花城出版社，2015.5（2020.7重印）
（蓝色东欧 / 高兴主编. 第3辑）
ISBN 978-7-5360-7519-1

Ⅰ.①无… Ⅱ.①扎… ②李… Ⅲ.①诗集－波兰－现代 Ⅳ.①I513.25

中国版本图书馆CIP数据核字(2015)第085675号

合同版权登记号：图字19-2014-136号

WITHOUT END：New and Selected Poems by Adam Zagajewski
Copyright © 2002 by Adam Zagajewski, translation copyright © 2002 Farrar, Straus and Giroux, LLC
Published by arrangement with Farrar, Straus and Giroux, LLC, New York.

出 版 人：肖延兵
丛书策划：朱燕玲　孙虹
出版统筹：李倩倩　夏显夫　欧阳佳子
责任编辑：李倩倩　欧阳佳子
技术编辑：薛伟民　凌春梅
装帧设计：棱角视觉 ANGULAR VISION

书　　名	无止境：扎加耶夫斯基诗选
	WUZHIJING：ZHAJIAYEFUSIJI SHIXUAN
出版发行	花城出版社
	（广州市环市东路水荫路11号）
经　　销	全国新华书店
印　　刷	恒美印务（广州）有限公司
	（广州南沙经济技术开发区环市大道南路334号）
开　　本	880毫米×1230毫米　32开
印　　张	12.375　2插页
字　　数	200,000字
版　　次	2015年5月第1版　2020年7月第3次印刷
定　　价	62.00元

本书中文专有出版权归花城出版社独家所有，非经本社同意不得连载、摘编或复制。
如发现印装质量问题，请直接与印刷厂联系调换。
购书热线：020-37604658　37602954
欢迎登陆花城出版社网站：http://www.fcph.com.cn

无止境

目 录
CONTENTS

记忆，阅读，另一种目光（总序）/ 高兴 / 1
从利沃夫到克拉科夫（中译本前言）/ 李以亮 / 1

新　诗
（2002）
1

看见 / 3
灵魂 / 5
告别兹比格涅夫·赫贝特 / 6
凌晨时分 / 9
禁止拍照 / 10
马戏团 / 12
欧洲去睡了 / 13
火焰 / 14
学者的公寓 / 15
斯达里萨克兹 / 16
面包店 / 17
夏日的完满 / 18
城堡 / 20
死麻雀 / 21
姑姑们 / 22
法兰西教堂 / 24
呼吸之所在 / 26

轻轻地说…… / 27
地铁四号线 / 30
乔治·修拉：工厂 / 31
休斯敦一家图书馆的波兰人物传记辞典 / 32
只有孩子们 / 35
维琴察的早晨 / 36
冬天的欧洲 / 38
钢琴家之死 / 40
十二月 / 41
游船 / 43
遗作 / 45
二十五岁 / 48
小丑是怎样走路的 / 49
月亮高高在天上 / 51
塔布 / 53
小华尔兹 / 54
凯斯兹的日出 / 55
一九六九 / 57
世界的散文 / 58
一个国王 / 60
烟 / 63
菩提树 / 64
分隔 / 65
关于空虚的论文 / 66
塞农克修道院 / 67
野蛮人 / 68
给你 / 69
古老的历史 / 70
给加布里埃尔 / 72
奥尔良广场 / 74
试着赞美这遭损毁的世界 / 76

早期诗歌
（1970—1975）
79

爱德蒙德这个名字 / 81
住我楼上的享乐主义者 / 82
舌 / 83
真相 / 84
新世界 / 85
总是正确的人是什么样子 / 94
二十一岁的士兵们 / 96
哲学家们 / 97
不朽 / 98

选自 《震惊》
（1985）
99

去利沃夫 / 101
漫游者 / 106
温柔颂 / 107
晚期贝多芬 / 108
叔本华的哭泣 / 112
热病 / 114
克尔凯郭尔论黑格尔 / 115
我们知道一切 / 116
在树林 / 117
一条河 / 120
他走动 / 121
无期徒刑 / 122
多重性颂 / 123
耶稣受难节在地铁隧道里 / 127
凡·高的脸 / 129
在五月 / 130
火 / 131
火，火 / 132
自我 / 134

闪电 / 136

代夫特眺望 / 138

致…… / 139

它停了下来 / 140

在从前 / 142

黑色之神,光明之神 / 144

不要让澄明的时刻消散 / 146

力量 / 147

流亡者之歌 / 148

弗朗茨·舒伯特:记者招待会 / 149

自动梯 / 154

会有一个未来 / 156

无止境 / 157

在百科全书里,没有曼德尔斯塔姆的
　位置 / 159

一代人 / 160

三种声音 / 163

楼梯内的精灵 / 164

在他人创造的美中 / 169

飞越美国上空 / 170

复活节前的星期日 / 172

读书 / 173

关于波兰的诗 / 174

未知之城 / 175

审判 / 176

我的大师 / 178

悲哀,疲惫 / 179

你的电话 / 180

这 / 181

克拉科夫眺望 / 182

时刻 / 186

选自 《画布》
（1991）
187

摇篮曲 / 189

雨的轶事 / 191

火山岩 / 192

R 说 / 194

无形的统治者 / 196

与弗里德利希·尼采谈话 / 197

帆 / 199

在拂晓 / 200

世界的创立 / 202

乔基奥·莫兰迪 / 205

圣约 / 207

存在 / 209

俄国进入波兰 / 211

晚宴 / 216

安东·布鲁克纳 / 217

夜 / 220

给生者的哀歌 / 222

勃艮第的草地 / 223

电子哀歌 / 224

九月的午后在废弃的营房里 / 227

对手 / 229

哥特式教堂 / 231

密码 / 236

变暗的河流 / 237

蛾子 / 238

假期 / 239

在美国一家旅馆看关于纳粹浩劫的
  电视 / 240

篱笆。栗树 / 242

在午夜　/ 243
给我自己，在一本相册里　/ 245
秋天　/ 247
钟　/ 249
夏天结束的时候　/ 251
大猩猩们　/ 252
在陌生的城市　/ 253
十七岁　/ 255
没有形式　/ 256
摩西　/ 258
灯光　/ 259
夜间的风　/ 261
野生樱桃　/ 262
岛与塔　/ 263
孤独的历史　/ 265
从事物的生命里　/ 266
残酷　/ 268
西蒙娜·薇依注视着罗纳河谷　/ 271
果实　/ 273
画布　/ 274

选自 《神秘主义入门》
（1997）
275

一首快诗　/ 277
转变　/ 279
九月　/ 280
神秘主义入门　/ 283
三个国王　/ 285
温室　/ 288
荷兰画家　/ 290
明信片　/ 292
贝壳　/ 294

三十年代 / 296
全民公决 / 297
难民 / 299
读者来信 / 301
我不在这首诗里 / 303
给 M / 304
这就是西西里 / 306
你们是我沉默的同道 / 307
外出散步 / 309
弗美尔的小女孩 / 310
火地岛 / 311
阿尔比 / 314
自画像 / 316
十二月的风 / 318
旅人 / 319
老屋 / 320
这一刻 / 322
黑鸟 / 324
哀歌 / 326
大提琴 / 328
德加：女帽商的商店 / 329
天文馆 / 331
她在黑暗里写 / 332
阿姆斯特丹的机场 / 334
夜 / 337
漫长的午后 / 338
给我的兄长 / 340
我想生活的城市 / 341
珀耳塞福涅 / 343
我工作的房间 / 344
三个天使 / 346

来自记忆 / 350
夏天 / 353
中国诗 / 354
在巴黎的圣星期六 / 356
论游泳 / 358
仁慈的修女 / 359
休斯敦,下午六点 / 361
我曾走过这中古的小城 / 364

记忆，阅读，另一种目光

(总序)

高兴

昆德拉说过："人的一生注定扎根于前十年中。"我想稍稍修改一下他的说法："人的一生注定扎根于童年和少年中。"童年和少年确定内心的基调，影响一生的基本走向。

不得不承认，二十世纪五六十年代出生的人都有着不同程度的俄罗斯情结和东欧情结。这与我们的成长有关，与我们的童年、少年和青春岁月有关。而那段岁月中，电影，尤其是露天电影又有着怎样重要的影响。那时，少有的几部外国电影便是最最好看的电影，它们大多来自东欧国家，几乎吸引了所有人的目光，是我们童年的节日。在某种意义上，甚至可以说，它们还是我们的艺术启蒙和人生启蒙，构成童年最温馨、最美好和最结实的部分。

还有电影中的台词和暗号。你怎能忘记那些台词和暗号。它们已成为我们青春的经典。最最难忘的是《瓦尔特保卫萨拉热窝》。"'空气在颤抖,仿佛天空在燃烧。''是啊,暴风雨来了。'""看,这座城市,它就是瓦尔特。"简直就是诗歌。是我们接触到的最初的诗歌。那么悲壮有力的诗歌。真正有震撼力的诗歌。诗歌,就这样和英雄主义和浪漫主义,紧紧地连接在了一道。

还有那些柔情的诗歌。裴多菲,爱明内斯库,密茨凯维奇。要知道,在二十世纪七八十年代,读到他们的诗句,绝对会有触电般的感觉。而所有这一切,似乎就浓缩成了几粒种子,在内心深处生根,发芽,成长为东欧情结之树。

然而,时过境迁,我们需要重新打量"东欧"以及"东欧文学"这一概念。严格来说,"东欧"是个政治概念,也是个历史概念。过去,它主要指波兰、捷克斯洛伐克、匈牙利、罗马尼亚、保加利亚、南斯拉夫、阿尔巴尼亚七个国家。因此,在当时,"东欧文学"也就是指上述七个国家的文学。这七个国家,加上原先的东德,都曾经是以苏联为首的华沙条约组织的成员。

一九八九年底,东欧发生剧变。此后,苏联解体,华沙条约组织解散,捷克和斯洛伐克分离,南斯拉夫各共和国相继独立,所有这些都在不断改变着"东欧"这一概念。而实际情况是,波兰、捷克、匈牙利、罗马尼亚等国家甚至都不再愿意被称为东欧国家,它们更愿意被称为中欧或中南欧国家。同样,不少上述国家的作家也竭力抵制和否定这一概念。在他们看来,东欧是个高度政治化、笼统化的概念,对文学定位和评判,不太有利。这是一种微妙的姿态。在这种姿态中,民族自尊心也发挥着不可估量的作用。

但在中国,"东欧"和"东欧文学"这一概念早已深入人心,有广泛的群众和读者基础,有一定的号召力和亲和力。因此,继续使用"东欧"和"东欧文学"这一概念,我觉得无可厚非,有利于研究、译介和推广这些特定国家的文学作品。事实上,欧美一些大学、研究中心也还在继续使用这一概念。只不过，今日，当我们提到这一概念，涉及的就不仅仅是七个国家，而应该包含更多的国家：立陶宛、摩尔多瓦等独联体国家，还有波黑、克罗地亚、斯洛文尼亚、塞尔维亚、黑山等从南斯拉夫联盟独立出来的国家。我们之所以还能把它们作为一个整体来谈论，是因为它们有着太多的共同点：都是欧洲弱小国家，历史上都曾不断遭受侵略、瓜分、吞并和异族统治，都曾把民族复兴当作最高目标，都是到了十九世纪末二十世纪初才相继获得独立，或得到统一，第二次世界大战后都走过一段相同或相似的社会主义道路，一九八九年后又相继推翻了共产党政权，走上了资本主义发展道路。之后，又几乎都把加入北约、进入欧盟当作国家政策的重中之重。这二十年来，发展得都不太顺当，作家和文学都陷入不同程度的困境。用饱经风雨、饱经磨难来形容这些国家，十分恰当。

换一个角度，侵略，瓜分，异族统治，动荡，迁徙，这一切同时也意味着方方面面的影响和交融。甚至可以说，影响和交融，是东欧文化和文学的两个关键词。看一看布拉格吧。生长在布拉格的捷克著名小说家伊凡·克里玛，在谈到自己的城市时，有一种掩饰不住的骄傲："这是一个神秘的和令人兴奋的城市，有着数十年甚至几个世纪生活在一起的三种文化优异的和富有刺激性的混合，从而创造了一种激发人们创造的空气，即捷克、德国和犹太文化。"①

克里玛又借用被他称作"说德语的布拉格人"乌兹迪尔的笔为我们描绘了一个形象的、感性的、有声有色的布拉格。这是一个具有超民族性的神秘的世界。在这里，你很容易成为一个世界主义者。这里有幽静的小巷、热闹的夜总会、露天舞台、剧院和形形色色的小餐馆、小店铺、小咖啡屋和小酒店。还有无数学生社团和文艺沙龙。自然也有五花八门的妓院和赌场。布拉格是敞开的，是包容的，是休闲的，是艺术的，是世俗的，有时还是颓废的。

---

① 见伊凡·克里玛《布拉格精神》第44页，崔卫平译，作家出版社1998年版。

布拉格也是一个有着无数伤口的城市。战争、暴力、流亡、占领、起义、颠覆、出卖和解放充满了这个城市的历史。饱经磨难和沧桑，却依然存在，且魅力不减，用克里玛的话说，那是因为它非常结实，有罕见的从灾难中重新恢复的能力，有不屈不挠同时又灵活善变的精神。如果要用一个词来形容布拉格的话，克里玛觉得就是：悖谬。悖谬是布拉格的精神。

或许悖谬恰恰是艺术的福音，是艺术的全部深刻所在。要不然从这里怎会走出如此众多的杰出人物：德沃夏克，雅那切克，斯美塔那，哈谢克，卡夫卡，布洛德，里尔克，塞弗尔特，等等。这一大串的名字就足以让我们对这座中欧古城表示敬意。

布拉格如此，萨拉热窝、华沙、布加勒斯特、克拉科夫、布达佩斯等众多东欧城市，均如此。走进这些城市，你都会看到一道道影响和交融的影子。

在影响和交融中，确立并发出自己的声音，十分重要。不少东欧作家为此做出了开拓性和创造性的贡献。我们不妨将哈谢克和贡布罗维奇当作两个案例，稍加分析。

说到捷克作家哈谢克，我们会想起他的代表作《好兵帅克》。以往，谈论这部作品，人们往往仅仅停留于政治性评价。这不够全面，也容易流于庸俗。《好兵帅克》几乎没有什么中心情节，有的只是一堆零碎的琐事，有的只是帅克闹出的一个又一个的乱子，有的只是幽默和讽刺。可以说，幽默和讽刺是哈谢克的基本语调。正是在幽默和讽刺中，战争变成了一个喜剧大舞台，帅克变成了一个喜剧大明星，一个典型的"反英雄"。看得出，哈谢克在写帅克的时候，并没有考虑什么文学的严肃性。很大程度上，他恰恰要打破文学的严肃性和神圣感。他就想让大家哈哈一笑。至于笑过之后的感悟，那就是读者自己的事情了。这种轻松的姿态反而让他彻底放开了。借用帅克这一人物，哈谢克把皇帝、奥匈帝国、密探、将军、走狗等等统统给骂了。他骂得很过瘾，很解气，很痛快。读者，尤其是捷克读者，读得也很过瘾，很解气，很痛快。幽默和讽刺于是又变成了一件有力的武器，特别适用于捷克这么一个弱小的民族。哈谢克最大的贡献也正在于此：为捷克民族和捷克文学找到了一种声音，确立了一种传统。

而波兰作家贡布罗维奇与哈谢克不同，恰恰是以反传统而引起世人瞩目的。他坚决主张让文学独立自主。在二十世纪三四十年代，贡布罗维奇的作品在波兰文坛显得格外怪异离谱，他的文字往往夸张扭曲，人物常常是漫画式的，他们随时都受到外界的侵扰和威胁，内心充满了不安和恐惧，像一群长不大的孩子。作家并不依靠完整的故事情节，而是主要通过人物荒诞怪僻的行为，表现社会的混乱、荒谬和丑恶，表现外部世界对人性的影响和摧残，表现人类的无奈和异化以及人际关系的异常和紧张。长篇小说《费尔迪杜凯》就充分体现出了他的艺术个性和创作特色。

捷克的赫拉巴尔、昆德拉、克里玛、霍朗，波兰的米沃什、赫贝特、希姆博尔斯卡，罗马尼亚的埃里亚德、索雷斯库、齐奥朗，匈牙利的凯尔泰斯、艾什特哈兹，塞尔维亚的帕维奇、波帕，阿尔巴尼亚的卡达莱……如此具有独特风格和魅力的当代东欧作家实在是不胜枚举。

某种程度上，东欧曾经高度政治化的现实，以及多灾多难的痛苦经历，恰好为文学和文学家提供了特别的土壤。没有捷克经历，昆德拉不可能成为现在的昆德拉，不可能写出《可笑的爱》《玩笑》《不朽》和《难以承受的存在之轻》这样独特的杰作。没有波兰经历，米沃什也不可能成为我们所熟悉的将道德感同诗意紧密融合的诗歌大师。但另一方面，需要注意的是，由于语言的局限以及话语权的控制，东欧文学也极易被涂上浓郁的意识形态色彩。应该承认，恰恰是意识形态色彩成全了不少作家的声名。昆德拉如此。卡达莱如此。马内阿如此。赫尔塔·米勒亦如此。我们在阅读和研究这些作家时，需要格外地警惕。过分地强调政治性，有可能会忽略他们的艺术性和丰富性。而过分地强调艺术性，又有可能会看不到他们的政治性和复杂性。如何客观地、准确地认识和评价他们，同样需要我们的敏感和平衡。

一个美国作家，一个英国作家，或一个法国作家，在写出一部作品时，就已自然而然地拥有了世界各地广大的读者，因而，不管自觉与否，他，或她，很容易获得一种语言和心理上的优越感和骄傲感。这种感觉东欧作家难以体会。有抱负的东欧作家往往会生出一种紧迫感和危机感。他们要用尽全力将弱势转化为优势。昆德拉就反复强调，身处小国，你"要么做一个可怜的、眼光狭窄的人"，要么成为一个广闻博识的"世界性的人"。别无选择，有时，恰恰是最好的选择。因此，东欧作家大多会自觉地"同其他诗人，其他世界，和其他传统相遇"（萨拉蒙语）。昆德拉、米沃什、齐奥朗、贡布罗维奇、赫贝特、卡达莱、萨拉蒙等等东欧作家都最终成为"世界性的人"。

关注东欧文学，我们会发现，不少作家，基本上，都在出走后，都在定居那些发达国家后，才获得一定的国际声誉。贡布罗维奇、昆德拉、齐奥朗、埃里亚德、扎加耶夫斯基、米沃什、马内阿、史沃克莱茨基等等都属于这样的情形。各种各样的原因，让他们选择了出走。生活和写作环境、意识形态原因、文学抱负、机缘等，都有。再说，东欧国家都是小国，读者有限，天地有限。

在走和留之间，这基本上是所有东欧作家都会面临的问题。因此，我们谈论东欧文学，实际上，也就是在谈论两部分东欧文学：海外东欧文学和本土东欧文学。它们缺一不可，已成为一种事实。

在我国，东欧文学译介一直处于某种"非正常状态"。正是由于这种"非正常状态"，在很长一段岁月里，东欧文学被染上了太多的艺术之外的色彩。直至今日，东欧文学还依然更多地让人想到那些红色经典。阿尔巴尼亚的反法西斯电影，捷克作家伏契克的《绞刑架下的报告》，保加利亚的革命文学，都是典型的例子。红色经典当然是东欧文学的组成部分，这毫无疑义。我个人阅读某些红色经典作品时，曾深受感动。但需要指出的是，红色经典并不是东欧文学的全部。若认为红色经典就能代表东欧文学,那实在是种误解和误导,是对东欧文学的狭隘理解和片面认识。因此,用艺术目光重新打量、重新梳理东欧文学已成为一种必须。为了更加客观、全面地翻译和介绍东欧文学,突出东欧文学的艺术性,有必要颠覆一下这一概念。蓝色是流经东欧不少国家的多瑙河的颜色,也是大海和天空的颜色,有广阔和博大的意味。"蓝色东欧"正是旨在让读者看到另一种色彩的东欧文学,看到更加广阔和博大的东欧文学。

二〇一三年十月三十一日定稿于北京

主编简介:高兴,诗人、翻译家,一九六三年出生于江苏省吴江市。中国作家协会会员。现为中国社会科学院外国文学研究所研究员,《世界文学》主编。曾以作家、翻译家、外交官和访问学者身份游历过欧美数十个国家。出版过《米兰·昆德拉传》《东欧文学大花园》《布拉格,那蓝雨中的石子路》等专著和随笔集;主编过《二十世纪外国短篇小说编年·美国卷》(上、下册)、《伊凡·克里玛作品系列》(5卷)、《水怎样开始演奏》、《诗歌中的诗歌》、《小说中的小说》(2卷)等大型图书。主要译有《梵高》《黛西·米勒》《雅克和他的主人》《可笑的爱》《安娜·布兰迪亚娜诗选》《我的初恋》《索雷斯库诗选》《梦幻宫殿》《托马斯·温茨洛瓦诗选》等。

从利沃夫到克拉科夫

(中译本前言)

李以亮

亚当·扎加耶夫斯基一九四五年六月二十一日出生于当时还属波兰、现属乌克兰的东方名城利沃夫。他的家庭是一个典型的知识分子家庭,祖父曾是中学校长,父亲是工程师、教授,母亲受过良好教育,有成为诗人的理想、文学修养极好。扎加耶夫斯基出生四个月就随全家被迫迁居西里西亚省的格里威策,在那里度过了童年和青少年时期,中学毕业后进入著名学府雅盖沃大学学习哲学和心理学。毕业时,他取得了哲学硕士学位。

扎加耶夫斯基少年时期便有志成为一名作家和诗人。那时他广泛阅读,常常一二个月就读完一个大作家的全集,但他仍然苦于自己在文学专业性上的贫乏。十七岁那年,大诗人兹别格涅夫·赫贝特来到他的学校，还在给他的书里签上"同行 A. Z."，这不仅使扎加耶夫斯基感到十分荣幸，似乎还使他找到了可以效法的对象。在就读大学期间，他作为研究生，得以"享受优待"，在大学图书馆里悄悄借阅米沃什的著作以及其它禁书。毕业时，他取得了哲学硕士学位。随后，先是在一个冶金学院任教，后到一家文学刊物做编辑，直到因参与政治抗议活动被除名。

在克拉科夫，扎加耶夫斯基参加了许多非官方的文学活动。他所投身的诗歌运动，后来被文学史整体命名为"新浪潮"。其时，他组织和参与的诗歌派别有其更为具体的名称："现在"。"现在派"的影响逐渐显著，而其他写作群体逐渐加入到运动中来。在所谓"新浪潮"时期，扎加耶夫斯基不仅是其中积极的参与者、理论阐述者，也是最为杰出的代表。当然，代表性的诗人还包括后来蜚声国际诗坛的斯坦尼斯拉夫·巴朗恰卡、朱利安·科恩豪塞尔等人。他们三人也是"新浪潮"诗歌运动的主要发言人。先是巴朗恰卡在《不轻信和张狂的人们》一文中，将批判的矛头对准了六十年代的新古典主义派诗人，提出"辨证的浪漫主义"概念，把"矛盾修饰"视为最理想的修辞手段，以矛盾的诗揭示世界的矛盾。在扎加耶夫斯基和科恩豪塞尔合写的论文《未被呈现的世界》里，他们把批判的范围扩大，指摘当代诗歌和小说逃避现实、缺乏探索当代问题的热情和追求真理的勇气。总之，他们共同的主张就是希望恢复诗歌讲真话的权利，重提诗人独立思想的天职。

在一九八〇年代前，波兰各反对派的组织和力量还很分散，且都处于地下状态，直到团结工会争取权利的斗争浮出水面。"工潮"导致波兰在一九八一年颁布了戒严法（直到一九八三年解除）。作为异议诗人，扎加耶夫斯基虽未曾受到监禁，但他仍然觉得有必要离开。一九七九年扎加耶夫斯基就已赴德短暂居留并从事过一段时间的写作。一九八二年扎加耶夫斯基选择移居法国。其时，诗人的爱人玛雅作为心理医生生活在巴黎。在法国，他迅速加入到波兰移民中知识分子的圈子，参与文化刊物的编辑工作。关于他的"流亡"，虽然扎加耶夫斯基一再解释是出于"个人原因"，但在形而上的意义上，"流亡"的意义仍然是确切的。事实上，他此后的诗作也充分说明了这一点。区别于大多数的流亡者，扎加耶夫斯基的"流亡"更是一种自我流放，一种自觉选择。

自一九八三年起诗人便经常往来于法国和美国之间，主要靠在美国大学任教和写作收入而生活。二〇〇二年扎加耶夫斯基回到波兰，定居古城克拉科夫，但每年仍然去国外讲学、朗诵和旅行。当有记者问他，是否可以称他为"职业诗人"时，诗人谦虚地说："我在接近这个目标。"也许，本来就不存在"职业诗人"一说，但扎加耶夫斯基肯定是目前世界上最重要的诗人之一。

扎加耶夫斯基精通多国语言，但他主要以母语波兰语写作，迄今已出版诗集《公报》《炽烈的土地》《无止境》《无形之手》等十八种，散文和随笔集《另一种美》《两座城市》《捍卫热情》等十余种。他曾多次获得诺贝尔文学奖提名，囊括众多文学大奖，受到米沃什、布罗茨基、苏珊·桑塔格等大家的肯定和称赞。

纵观扎加耶夫斯基的作品，有一条主线的存在，那就是：以对不合理社会制度与秩序的反抗始，到与世界和上帝的和解终。这个过程是漫长、艰难的，也许并不能彻底完成。中国诗人王家新说："扎加耶夫斯基之所以受到中国诗人和读者的特别关注和喜爱，除了他诗中优美、人性慰藉等因素外，也许更在于他那里所体现的作为一个东欧诗人特有的精神品质和道德承担的力量。"我想，这是非常确切的。

扎加耶夫斯基最近的师承，得益于波兰现代诗歌历史上二位大诗人：切斯瓦夫·米沃什和兹别格涅夫·赫贝特。当然，这只是一个简便的说法。正如诗人本人所说，他的来源事实上应该包括更远、更宽广的波兰诗歌文化传统。如果说，从赫贝特那里他主要学到的是"反讽"，一种对于世界审慎质疑而富于幽默的态度；自米沃什身上，他继承的就是一种"希望的诗学"，一种对于历史和存在的信心，它们来源于担当的勇气,来源于对真实的探索热情。作为诗人,加耶夫斯基既拥抱了米沃什,拥抱了他的诗歌之火,那"能给人生经验一种肯定性评价"的热情,同时也延续了赫贝特身上那充满活力、气质独特的"反讽"精神。

扎加耶夫斯基曾谦逊地说,他不是任何意义上的哲学家。但是,他在诗歌里还是充分利用、发展了他在这方面的才能和优势。他的作品富于思想性,或说智性与思辨的色彩。不过,这种"诗之思"本身有别于哲学之思,用他的话说,"我所知道的只是,诗人和哲学家一样,同样必须说出他对生活的看法——不一样的是,哲学家是以抽象的方式,而诗人必须显示他的生活。从某种意义上说,诗人是一位使者——他必须超越纯粹思辨。诗是不能密封在思维之中的。而思维总是要进入矛盾的领域……必须努力调和诗与思的对立。"在此,我们也就不难理解,扎加耶夫斯基为何不满于很多美国诗人(又何止美国诗人!)将诗当成了"一种对于思之残酷性的逃避"。从思想气质上,扎加耶夫斯基对于自己有着这样整体性的认识:

> 我想我属于那样一个思想者家族,总是无望地纠缠于列奥·斯特劳斯所谓的"在雅典和耶路撒冷之间"的冲突之中。我不是说这就是最好的思想者家族;我更将此看作某种灾难——不能做出明确的选择。从很早开始,我内心就有一种需要,想使不能清晰之物清晰化,或者使那些缠绕的观念得以显现,因为这将使人的思想澄明。但这在很大程度上,是根本反诗化的。而同时,我也有那种灵感附身的时刻,它们使我朝着不同的方向运思。

从利沃夫到克拉科夫,这中间的道路并不等于它在地图上的直线距离。扎加耶夫斯基经过了青年时期的愤怒与挣扎,也经历了超过四分之一世纪的"自我流放"。现在,扎加耶夫斯基回到了克拉科夫,他视此为自己的故乡。扎加耶夫斯基今年已经七十岁。在他近期的写作里，出现了许多记述个人游历或怀旧的作品，或可称为"个人历史化"的抒情，它们收集在《永恒的敌人》和《无形之手》两部诗集里。

扎加耶夫斯基在国际诗歌界享有广泛尊崇，诗歌被翻译为多种语言出版。有意思的是，在波兰国内，一些自负的诗人（特别是年轻一辈的诗人）似乎也不买账。对此，年轻的批评家迈克尔·鲁辛涅克（曾任希姆博尔斯卡的秘书）这样解释："年轻诗人总是要找老诗人行衅的，扎加耶夫斯基不幸充当了这个痛苦的对象。"有人更进一步批评波兰今天的年轻诗人大多放弃了密茨凯维奇的诗歌标准，不再关心历史，不愿向那些诗歌大师致敬，也不认真学习经典的艺术作品——当然，他们有了新的"偶像"，美国"纽约派"的口语诗人奥哈拉或阿什伯利。对此，扎加耶夫斯基曾善意地指出："这些年轻诗人也许并未意识到他们想做什么。他们并未意识到他们是在一群光彩夺目的诗人之后写作——米沃什、赫贝特、希姆博尔斯卡——这些诗歌巨人重新定义了波兰诗歌，已经将它从一种地方主义之中带出。我们年轻的诗人们只知拒绝一切。他们似乎要拒绝一切有意义的诗歌。我相信，如果懂得采取一些更为有意思的方式开始他们的反叛，应该聪明得多，就是说，改变某些东西，同时也接受我们遗产的一部分。"

翻译扎加耶夫斯基的诗（因我不通波兰文，只是从英语），前后花了我不短的时间。记得二〇〇九年秋天，扎加耶夫斯基在回复我的电子邮件时写过："诗歌通常从原文直接翻译，希望在你这里可以成为一次例外。"是的，诗歌很可能是翻译中漏掉的那些东西，诗歌也可能就是翻译中剩下的那些东西。我相信好的诗歌能够战胜翻译，好的翻译也能够留住诗歌。但是，翻译之事也是"无止境"的，我希望，发生在我身上的这次"例外"，至少对得起诗人和读者的期待。这里，我要说明，我的译文是根据美国 Farrar, Straus and Giroux 公司二〇〇三年出版的《无止境：新诗和诗选》一书翻译的，译者有芮内塔·柯钦斯基,克莱尔·卡瓦娜,本杰明·艾弗瑞,C. K. 威廉姆斯。此外,我要特别感谢本丛书的主编高兴先生、朱燕玲女士和"蓝色东欧"丛书的编辑人员,是你们的信任促成了这个译本的诞生。我还要真诚感谢一直支持和勉励我的诸多朋友,恕我不能一一说出你们的名字。最后,我想在此特别请求本书的读者不吝赐教,诗歌翻译也许难以达到最好,但一定可以更好。

新　诗（2002）

看见

哦我喑哑的城市,蜜黄的,
深隐在山谷里,那儿狼群
轻轻跳下寒冷的山巅;
如果我必须告诉你,城市,
睡在成堆的枯叶下,
如果我需描述大海之肤,船舶
在上面刻下闪亮的诗行,
游船似孔雀炫示着它们高耸的风帆
而地中海,沉醉在它咸津津的凝思中,
有着尖顶塔楼的城市隐约闪烁
在早晨太阳强烈的光芒里,
喷气飞机猛烈的力量刺透了云层,
官僚们对我们、对人们,永恒的轻蔑,
翁布里亚①狭窄的街道如水槽
拦起葡萄酒似的古老时光,
某座小山上,最为平静的树也在生长,
阴沉的巴黎,救赎之河穿过,

---

① 翁布里亚,意大利中部一区。

克拉科夫，在星期天，栗树的叶子也仿佛
被一只无形的熨斗压过，
葡萄园被贪婪的秋天
和充满恐惧的高速公路洗劫；
如果我必须描述夜的节制
当它发生，
和火车哐哐当当驶向虚无的声音
和一个临时溜冰场上火花四溅的冰刀；
我在道路的一侧写作，我必须看，
而非仅仅知道，我必须清楚看见，
唯一世界的景象与火光，
但你一动不动的城市化为了石头，
薄沙下的兄弟；
地球还转动在你的上方
罗马军团在行进
一只极地之狐出现在风中
在白色死寂的荒原。

灵魂

我们知道,我们不被允许使用你的名字。
我们知道你不可言说,
贫血,虚弱,像一个孩子
疑心着神秘的伤害。
我们知道,现在你不被允许活在
音乐或是日落时的树上。
我们知道——或者至少被告知——
你根本不在任何地方。
但是我们依然不断听到你疲倦的声音
——在回声里,在抱怨里,在我们收到的
安提戈涅来自希腊沙漠的信件里。

告别兹比格涅夫·赫贝特

起初只有樱桃树和蝙蝠滑稽的
飞行,苹果似的月亮,困倦的猫头鹰,
学校郊游途中冰水强烈的味道。
城市的高塔仿佛爱的言辞升起。
后来,很久以后,普罗旺斯金黄的尘土,
葡萄园的无花果树,有关白色希腊的功课,
幽暗的博物馆,皮耶罗的圣母玛利亚
——中间,二次占领,两支残忍的军队,
死亡的拙劣的车辆在你的街上巡逻。

翻译格奥尔格·特拉克尔漫长的日子,
"被俘的黑鸟之歌",在那么多年
苏维埃的匮乏与悲惨之后,最初的极乐的巴黎;
你狡黠的微笑,你孩子似的笑话,庄重,
你带到摩城①小教堂的欢呼
(博须埃②严厉地望着我们),

---

① 摩城位于巴黎市区。
② 博须埃(1627—1704),法国大主教和神学家,以演说著称。

柏林的夜晚：博士先生，私人教师先生①，
在朋友的婚礼上糖纸一样你撒落的米粒——
也有那些倒霉的日子静静的苦涩。

我爱想象你在翁布里亚，利古里亚②的
漫步：矫健的追逐，
对往昔的冰川消融之地的
探寻，袒露的形式。
我爱想象你漫游
在诗的崇山之中，寻找
沉默突然喷发出言语的地点。
但我总是在马洛赫③所谓的伟大之城
拥挤的公寓与你相见。

有时候你使我想起生活的悲剧。

---

① 原文为德语。私人教师指报酬直接来自学生学费的大学教师。
② 利古里亚为意大利行政区。
③ 马洛赫原出自希伯伦语，系指以神之名或与火相连的献祭，现泛指任何需要付出巨大代价的人或物。

生活绝少让你脱离它的控制。
我想到你们那一代,被命运碾碎,
你在马德里的病,在阿姆斯特丹
(大使馆旅馆),甚至在神圣的耶路撒冷,
圣路易斯医院,在那里你躺了一个夏季,
炎热烤化了房子的墙和国家的边界,
你在华沙最后几星期。
我惊奇于你诗歌高贵的骄傲。

凌晨时分

凌晨时分:你还没有开始写作
(甚至,没有准备)你只是慵懒地阅读。
一切都是悠闲的,安静,完满,仿佛
这是一位慵懒缪斯的礼物,

就像更早的时候,在童年,在假期,旅行前
慢慢研究一幅多彩的地图,一幅地图
允诺了那么多,森林里深深的水塘,
仿佛蝴蝶闪烁的眼,淹没在锋利草丛的山间牧地;

或者,像睡前的时刻,梦还没有来临,
却低语着它们自世界各处的莅临,
它们的长途跋涉,朝圣之旅,病床前的守夜
(因少睡而病恹恹的),加速于中世纪的人物之中

他们挤在教堂之上的无声无息里:
凌晨时分,沉默——
你还没有开始写作,
你还懂得那么多。
快乐近在身边。

禁止拍照

Senza flash！:"No flash！"
——在意大利美术馆经常听到的对参观者的指令

禁止火,禁止无眠的夜,禁止取暖,
禁止流泪,禁止强烈的激情,禁止犯罪,
我们就是如此继续生活;禁止拍照。

缓慢而平稳,驯服,困倦,
双手被每天的报纸玷污,
面部粘上厚厚的奶油;禁止拍照。

观光者身穿洁白的衬衣微笑着,
朗格先生、费小姐,先生,丽恩太太①
进入博物馆;禁止拍照。

---

① 此处"先生""小姐""太太"原文先后使用了德语、英语和法语,所以读起来是并不重复的。

在一幅皮耶罗·德拉·弗兰西斯卡①的油画前
画里的基督,几乎疯狂,自坟墓里出现,
复活,获得自由;禁止拍照。

而不可预见的某事物也许发生:
隐藏在光滑的棉纱里,心房颤动,
沉默降临,突然镁光一闪。

---

① 皮耶罗·德拉·弗兰西斯卡(1420—1492),意大利画家。

马戏团

瞧,你的渴望摇荡在吊架上
你也是小丑,而那教人小心的
请求怜悯的驯服的老虎。
甚至低级的音乐
也有其魅力;仿佛
你开始与你的时代
达成和解(别的人都已那样,
我为什么不?——你说)。
那么为什么马戏团帐篷
升起在一个古老的墓地?

欧洲去睡了

欧洲去睡了;里斯本衰老的
棋手依然紧皱着眉头。

灰色的雾霭从克拉科夫升起
模糊了悠久的船帆。

地中海轻轻摇晃
很快将成为一首催眠曲。

当欧洲终于沉入酣眠,
美国仍将不信任地

看守着这贫瘠而沉默的
世界,仿佛一个更年幼的妹妹。

火焰

上帝,赐给我们漫长的冬天
和安静的音乐,耐心的嘴,
一点小小的骄傲——在
我们的岁月终了之前。
赐给我们惊讶
和一处高高的、明亮的,火焰。

学者的公寓

给访问学者提供的公寓备有书架
一打枯燥的小说,以非你家族的
语言写成,一尊嗜睡的佛,
一部沉默的电视,一只被碰扁的平底锅
粘着星期六晚乏味的炒鸡蛋的余屑,

一只淡褐、会用习语打口哨的水壶。
你试着安顿甚至开始思考。
你读大师艾克哈特①关于距离的论述(《独处》②),
读关于一个英国亲法分子的诗,
一个信奉英格兰中心主义的法国人的散文;

艰苦挣扎数日之后
终于在这符合卫生学的地方住下,
在这个文明的人类精英收容所,
你以一种诚惶诚恐的心情意识到
无人在此生活;此处并没有生活。

---

① 大师艾克哈特,指艾克哈特·冯·霍克海姆(1260—1328),中世纪德意志自然神学家、哲学家、神秘主义者。
② 原文为德语。

斯达里萨克兹

一只头戴红色便帽的啄木鸟使人想起
斯达里萨克兹①的火车站站长。
在火车站建起的地方矗立着一座小城——
巨大的集市和嘉辣会修道院②；
每座房子都有一个窗户摆放一些坛坛罐罐。

小客栈主人的女儿是那样瘦小
在她穿过铁路上方的高架桥时
背包里总是背上重重的砖头以免被风吹跑。
大风从来不曾带走她，另一些自然力却未闲着，
尤其是虚无和她富有的求婚者，时间先生。

---

① 斯达里萨克兹系波兰历史名城，建城有750余年之久，因大量古迹著名。1999年教皇约翰·保罗二世封圣之地。
② 嘉辣会修道院为1212年所建的罗马天主教修道院，因圣·嘉辣修女亲造而得名。

面包店

年轻,自负,身穿 T 恤衫的面包师(手臂粘上的几点面粉灰就像一个男演员脸上的化妆粉)快活地看着他的顾客。淡然笑着。他是知道面包秘密的人……

夏日的完满

在夏天,在发散柳枝香气的山溪之上
紫蝴蝶、红花蝶、金凤蝶,异常地美,
在闪烁的水面上,在闪烁的赤杨
和闪烁的世界上最后的飞翔;空气
浸透在香精油里,你似乎能将它倾倒进
玻璃杯,在手指下感觉它透镜的水晶体,
在八月,松脂在松枝上燃烧,松果
发出碎裂的声响仿佛被无穷的火焰之舌舔着,
纯蓝的大海在下方平静地起伏
似一个胜利者,一个征服了波斯的国王,他所有的
游船遇到每一道波浪都轻轻低头,
潜入半透明海床的游泳者
沿着看不见的线路,沿着
连结各自物质的白色线,缓慢地移动,
为了听到终于满足的生物发出的巨大耳语,
仿佛昆虫也要有它们自己的狄俄尼索斯①,
在八月,当欧洲的忙乱突然停止,

---

① 狄俄尼索斯,希腊神话里的酒神。

工厂暂停,旅游者在利古里亚海①之滨
放声大笑,在风景后面
仅二步之遥——那里茂密的小果园几乎掩去了
那些在恐惧中,无望地短暂生活过的人的影子
我们兄弟的影子,姐妹的影子,科力马河②与拉芬斯布
卢克③的影子,
黑色救赎的可怜天使,渴望地望着我们。

---

① 利古里亚海在意大利西北部。利古里亚为旧名,起源于古罗马时期。
② 科力马河,源出西伯利亚东北的科力马山脉,为俄流放之地。
③ 拉芬斯布卢克,在德国北部的一个村庄,距柏林90公里,二战期间这里建有臭名昭著的妇女集中营。逾13万人仅幸存下4万人。

城堡

看守们莫名地以一种山间部落
特有的带喉音的方言哭出声来。
威尼斯式的窗户开了又合上。
加长的高级轿车到来又离去。
似乎有人将要死于这座宫殿。
一面黑色的小旗展开,
继而收拢仿佛一条草蛇之舌。
燕子,圣诗,因忧虑而狂乱……
但会是谁呢?
因为城堡已空闲多时,
早已交付给蝙蝠和反讽。
一切似乎都表明
在这座宫殿里有谁将要死去。
没有谁能俯瞰
生命的迹象。

死麻雀

在所有物体中间
穿灰羽上衣的死麻雀
是最不稀奇的了。
和一只死麻雀比起来
即便一块路边的石头
也像一位生活的王子。
苍蝇绕着它,
专注如学者。

姑姑们

总是被她们称之为
生活实际的一面吸引
(理论就留给柏拉图),
总是埋首于家具,床褥,
橱柜和菜园,
却从不会忘记放一块薰衣草香粉
将亚麻织品衣橱变成一块草地。

生活实际的一面
像月亮未被照亮的一侧,
并不缺少神秘;
当圣诞时节临近
生活成为纯粹的实践
暂时住在走廊
避难于手提箱和小提袋。

而一旦有谁死去——啊,这种事
甚至也会发生在我们家里——
我的姑姑们,早已精通

死亡实际的一面,
终于忘了在雪白的床单下
兀自盛开的薰衣草
那令人迷乱的香味。

法兰西教堂

致切斯瓦夫·米沃什

法兰西的教堂,比它的客栈和诗歌更热情好客,
矗立在藤蔓中如大串的葡萄,或在山顶,那么谦卑,
或湮没在河谷中,在一片绿海之表,在一派干燥的风景之中,
一些被弃的建筑,荒废的灰石造的
谷仓,在灰色的建筑中,在灰色的村子里,
里面却是粉红,或白色,或被透过彩画玻璃的阳光点染。
小小的罗马式圣坛,框架结实,仿佛工匠为劳动形塑之躯,
帕斯卡尔的无形的教堂,被织进画布,
纤细的大教堂仿佛城市上空的苍鹭,从公路上就能清晰
望见,最可爱的是沙特尔大教堂①,
那里石头窒息欲望。
西多会僧侣的磨房,转动在星期天的溪流,和池塘里,
犹太教堂,年长的修女,一再被骗、被劫掠,那么谨慎,
罗曼底被毁的修道院,覆盆子丛中一条黑色的小毒蛇在取暖,
一棵小树,生长在乡村教堂的屋顶,一棵要长成修道士的梣树,

---

① 沙特尔大教堂为哥德式教堂建筑,是中世纪时期宗教热情的表现之一。

维泽莱的王宫，原属马格达莱①，粉红如野生草莓的嘴。
克洛岱尔教堂，敦实，几乎没有颈子，引人入胜，有时充满怨憎，
图鲁兹的教堂，其拱门一定会使阿拉伯人也感到骄傲，
那些已忘了名字的、墙上覆盖了苔藓、质朴的小教堂，
阿拉比的构筑有城堡的大会堂，军事艺术的杰作，隐身于巨龙的皮中，
广场上叫卖坚果、圣画与茴香籽饼的小贩。
但是一到夜里小贩们不见了，只剩下，盲如小猫的，墙与窗户，
剩下宽阔的夜与沉寂以及有时突然死灭的彗星的怒号。
修道院里的罗马式立柱，好像聪明孩子的雕刻。
草地，恋人们在此相见。
耶利米②的马赛克石雕，和善的脸。
墨利斯的教堂，他懂我的语言并曾生活在华沙的穷人中。
法兰西的教堂，黑色的容器，在这里漫游着羞怯的强光之火。

---

① 马格达莱指圣玛丽·马格达莱，追随基督的门徒之一。
② 耶利米为《圣经》中公元前6世纪时希伯来先知。

呼吸之所在

她独自站在舞台
没带一样乐器。

她把手掌放在他的胸口,
她的呼吸之所出
她的呼吸之所逝。

手掌并不歌唱,
她的胸口也不。

歌唱的,是保持沉默者。

轻轻地说……

轻轻地说：你比那个迄今所是的人
更老；你比你自己
更老——而你仍不知道
什么是缺席，诗和金子。

锈色的水扫过街道；短暂的风暴
动摇这座懒散、困倦的城市。
每一阵风暴都是一段告别词，许多摄影师
仿佛旋涡在我们头顶，瞬间捕捉着
我们惊慌与恐惧的时刻。

你知道早晨是什么，绝望那么强烈
它噎住心的节奏和未来。
你在陌生人中间哭泣过，在一个摩登的商店，
灵巧的货币巡回流通。

你见过威尼斯和锡耶纳，而且在画里、在街上
年轻、寂寞的少女们，唯愿自己只是
狂欢节上舞蹈的普通女孩。

你也见过那些小城,一点儿不漂亮,
老人们,因时间与痛苦而疲惫不堪。
中世纪圣像里闪烁的眼睛,
黝黑的圣人的眼,野生动物的明亮的眼。

你在盖勒瑞阿①的沙滩捡起晒干的鹅卵石,
并忽然感到那么喜爱它们
——喜欢它们和修长的松树,
和那里每一个人,和大海,
它的确强大,却非常孤独——

仿佛我们都是孤儿
来自同一个家,永远分离
被给予片刻的会见时间
在眼前这个寒冷的监狱。

轻轻地说吧:你已不再年轻,

---

① 法国港口城市。

启示必与大斋节①的四星期讲和，
你必须选择，屈服，拖延时间，

与来自干燥国家双唇干裂的使者
长久会谈，你必须等待，
写信，读五百页厚的书。
轻轻地说吧。不要对诗歌绝望。

---

① 大斋节也叫四旬斋，封斋期一般是从圣灰星期三（大斋节的第一天）到复活节的40天，基督徒视之为禁食和为复活节作准备而忏悔的季节。据《圣经·新约》，一个魔鬼试探耶稣，把耶稣困在旷野里，40天没有给耶稣吃东西，耶稣虽然饥饿，却没有接受魔鬼的诱惑。为纪念耶稣在这40天中的荒野禁食，信徒们就把每年复活节前的40天的时间作为自己斋戒及忏悔的日子。

地铁四号线

我只写有关死者的事情,
一个乞丐说。
夏天即将开始。
在克利兰科门至
奥尔良的路线上你总是捕捉到烧纸的
气味;一只好奇的耗子
在圣米歇尔站仿佛在问:
这是什么世纪,亲爱的先生们和女士们?
我慢慢跋涉过了这一天。
我再一次错过了最重要的东西。

乔治·修拉[*]：工厂

给雅塞克·沃尔托斯[①]
　　——收藏于休斯敦德·蒙里尔收藏馆[②]的一幅画

在群山里，在地图的边缘，青草脆弱而
尖利如逃兵们的刺刀，一座被遗忘的工厂矗立。
我们不知道时值黎明还是黄昏，光正在诞生。
一副副拜占庭修士似的面孔，狭窄而透明，沉默的奴隶们
如一部巨大的发电机点燃了地球最远处黎明金色的火光。有人
　　叫喊，
其余的人点着了时髦的雪茄，轻如一只燕子的呼吸。
他们不会回答提问：因为他们的舌头已被割去。
就在那堵墙下，黑色的野草生长，黑暗已经
躲藏。绝对的沉寂。世界的毛发在生长。

---

[*] 乔治·修拉（1859—1891），法国画家，新印象画派（点彩派）的创始人。
[①] 雅塞克·沃尔托斯（1938—），波兰艺术家。
[②] 休斯敦慈善家约翰和多米尼哥·德·蒙里尔创办的艺术品收藏馆。

休斯敦一家图书馆的波兰人物传记辞典

罗曼·桑古斯科①王子穿越塞尔维亚远迁
(约瑟夫·康拉德②将以他写一部小说)。
在接近其漫长一生的终点,他创建了一座图书馆;
他死去,举世钦敬。

玛丽娅·卡勒吉斯③
——被指与沙皇的秘密警察勾结;
"她一半的心属于波兰,"另外的一半——
无人知道。李斯特④和瓦格纳⑤的友人,

---

① 罗曼·桑古斯科(1800—1881),波兰贵族,爱国者,政治家和社会活动家。
② 约瑟夫·康拉德(1857—1924),年轻时当海员,中年才改行写作,作品包括《黑暗之心》《吉姆老爷》《密探》等。
③ 玛丽娅·卡勒吉斯(1922—1874),伯爵夫人,钢琴家和艺术保护人。
④ 李斯特·费伦茨(1811—1886),更常见名称为弗朗茨·李斯特,匈牙利钢琴演奏家和作曲家,浪漫主义音乐的主要代表人物之一。
⑤ 威廉·理查德·瓦格纳(1813—1883),德国作曲家。他是德国歌剧史上一位举足轻重的人物。前面承接莫扎特、贝多芬的歌剧传统,后面开启了后浪漫主义歌剧作曲潮流,理查德·施特劳斯紧随其后。同时因为他在政治、宗教方面思想的复杂性,成为欧洲音乐史上最具争议的人物。

肖邦的学生。接下来依次是：华沙剧院的赞助人，
变节者和爱国者。
可怜的诺维德①爱上了她。
爱上了她，以全部身心。

朱利安·克瓦什科②："矮个子，体形臃肿
……易紧张，爱激动。不缺少
自尊"（斯坦尼斯瓦夫·塔诺夫斯基③）。
也许是坏名声的佩利堪④事实上的儿子。

耀眼的文体家，"两个世界的皇后"的光荣。

---

① 诺维德（1821—1883），波兰浪漫主义诗人、戏剧家、艺术家。
② 朱利安·克拉什科（1925—1906），波兰作家，出生在一个富裕的犹太人家庭。1848年波兰起义失败后移居巴黎，编辑刊物。
③ 斯坦尼斯瓦夫·塔诺夫斯基（1837—1917），波兰贵族，历史学家、文学批评家、出版家。
④ 佩利堪，波兰作家、编辑家，其余不详。

先是与恰尔托雷斯基①共事,再受雇于
奥地利内阁(其时,还没有波兰内阁)。
在克拉科夫卸任,半身不遂,已去世。

还有许多:安东尼·查普斯基(一七九二年),
在英国和法国学习绘画,做泥瓦工
租住彻斯·萨尔马提亚:美德的化身。
约希姆·纳阿米尔,教育家——我们已来到二十一世纪。

依然还有很多身影,A 到 S:
这样一部辞典不可能完成。

这就是你的国家,你的简短摘要。
你的冷漠和你的情感。

一个祖国却有如此多的生。
一部辞典却有如此多的死。

---

① 亚当·耶日·恰尔托雷斯基(1770—1861)波兰贵族,政治家、作家。他领导了1830年反抗俄国沙皇统治的波兰起义。

只有孩子们

给伊乌里娅

只有孩子们在沙上玩耍
(伴着盛开的菩提花
醉人的香气,不要忘了),
只有孩子们,然而毕竟也有
魔鬼,小神,
甚至只会食言的
被遗忘的政客,
也会出现在那里,带着无尽的狂喜
看着他们。
谁不想做个孩子
——哪怕最后一次!

维琴察*的早晨

纪念约瑟夫·布罗茨基、克日什托夫·基耶斯洛夫斯基

太阳是如此微弱,如此年幼,
我们有点害怕;一个粗心的举动
都可能划伤它,仅仅一声喊——如果有人
这么试过——也会伤害它;唯有快速飞行的雨燕,
展开硬如铸铁的双翅,
无所顾忌地歌唱,因为它们在泥巢里
刚刚度过短暂,不安的童年,
和它们的兄弟姐妹,小小的,疯狂的,
黑如森林浆果的小星体一起。

小咖啡馆里,疲倦的侍者——夜晚最后的影子
聚合于他的眼底——从他巨大的口袋
翻找零钱,而咖啡闻着有深色油墨味,
甜味和阿拉伯味。天空的蓝
预示一个漫长的午后,一个没有尽头的白昼。

---

* 意大利东北部城市。

我仿佛第一次看见你们。
甚至帕拉第奥①式的圆柱
仿佛也是新生,它们从黎明的波浪升起,
如维纳斯,你们年长的同伴。

从糊乱涂抹开始,计算损失,计算死者,
开始新的、没有你们俩儿的一天,首先是你②,
我们葬过两次哀悼过两次的你,
你活过两次,和他人一样强大,在两个大陆,
在两种语言里,在这个世界和想象里——然后是你③,
有着轮廓分明的脸,将物体和心灵
放大的目光。(它们总是太小)
你们两个都走了,所以从现在起我们将过一种双重生活
同时在阴影和光里,在明亮的阳光里
也在石头似的大厅的阴冷里,在悲痛里也在欢乐里。

---

① 安德里·帕拉第奥(1508—1580),意大利文艺复兴晚期建筑师,著有《建筑四书》,他的建筑作品主要集中在维琴察和威尼斯。特别是后者,有"帕拉第奥之城"之称。
② 指布罗茨基,1996年在美国去世,葬于威尼斯。
③ 指基耶斯洛夫斯基,亦于1996年逝世。

冬天的欧洲

当肮脏的雪埋葬了你的宝藏,
当巨大的教堂,此刻
容纳着五位年老的女士,消失在雾中,
飞行就在树林上方的飞机
以一个俄罗斯移民粗野的男低音
开始如拖船轰鸣,
当假日的人群,被唯一的
冲动,对黄色金子的冲动控制,
拥向宽阔潮湿的林阴大道,
而你的博物馆因罢工关闭,

当你低矮的天空如一个悲哀的画家
窗幔覆盖那些非同寻常的地方,
那儿曾生活过你的圣徒,和你
灵感勃发的艺术家,你的狂人和僧侣——
我看到你往北,逆向流动的河水,
你无翅膀的白杨;兜售栗子的小商人
大声叫卖,而出售白色报纸的摊贩
无声提供着他们乏味的史诗——

我试图进入你的街道,我试图进入
你年久失修的房屋低处的庭院,

进入你地铁里的地下世界,那里
珀耳塞福涅①死于渴望,那些
贫穷的地区,善与恶
庄重地并行漫步,仿佛劳雷尔和哈代②,
我试图追踪痛苦和狂喜的地址,
你最后所剩的些许神召,
我试图挽回你高贵的歌声
它仿佛氢气球从孩子手上脱开
飞走,我试图找到你的爱,
你的信念的断片。

---

① 珀耳塞福涅,希腊神话中德墨忒尔和宙斯的女儿,被冥神哈得斯绑架到冥界与哈得斯结婚,成为冥后。
② 美国长期搭档演出的一对喜剧演员。

钢琴家之死

当他人发起战争
或寻求宁静,或只是躺在
医院或营房
窄窄的床上,一连数日

他练习着贝多芬的奏鸣曲,
他纤细的手指,像守财奴的,
触摸到不属于他的
巨大的财宝。

十二月

十二月,破坏的使者,
带你长久地游荡
穿过树林黑色的树枝
和秋之火焰烤焦的树叶,

仿佛说:到此为止吧——
你的秘密和宝藏,
小鸟热烈的啁啾,
夏季里数月的许诺。

你所有的梦已被解析,
画眉鸟的歌现在有了根据,
植物的尸体装饰标本室。
只有实验室坚硬的石头依然如故。

不要听:它们也许会将一切带走,
但它们不能接受你的忽视,
它们不能带走你的神秘,将你
自你的第三故乡剥离。

不要听，假日越来越近
冰封的一月，冰雪的白纸越来越近。
你一直等待的，此刻就要诞生。
你正寻找的那一个将开始歌唱。

游船

在防风夹克衫的口袋里你发现
一张淡蓝色的船票
(船票,限本人乘坐)。

淡蓝色的船票,比一张
来自多哥共和国的邮票略大,
承诺一次改变,一个旅程。

记忆里的封蜡熔化,
一树扁桃上冰雪消融。
一次可能的远游。

你在德克萨斯,身处平地,
被四季常绿
什么也不记得的橡树包围。

你要逆流游过夹在两道
堤间的水道,在强风中;
你要遇见冰山,阴暗的天气。

船票上写着：单程，
却未置一词：关于沙漠，
关于阴沉海域的单调，

关于渴望，或者等着你的
并非只对你怀恨的海关人员，
关于冷漠和灰烬之岛。

你要游过漫长的时间。然后到达
威尼斯海胆类栖息的地方：
水，饰带和黄金。

你到达的地方威尼斯的
红色楼塔升起，忠实的楼塔，
指南针的指针迷失在大海。

遗作

火车停在一块空地；突然的沉默
甚至惊醒了睡眠最热切的同伙。
远处商店和工厂的灯光
闪烁在泛黄的、狼眼似的薄雾中。
途中的商人俯首于他们的电脑，
计算着一日的得失。
女管家倾倒浸透苦涩的咖啡。
永远，永远①，最后的词语，《大地之歌》②，
一再重复；请记住我们是如何倾听
这音乐，我们如此
渴望相信的诺言。

我们不知道我们是否仍在荷兰，
此刻也许已抵比利时。不重要。
一个初冬的傍晚，大地隐藏在
黄昏厚厚的条纹下；你能感到

---

① 原文为德语。
② 马勒所作的交响乐。

一条运河黑色的水出现在眼前，
静止，剥离了山中流水的欢乐
和我们的海洋巨大的惊异。
狼群黄色的眼因紧张的霓虹灯
颤抖，却不曾害怕印第安人攻击。
火车停在我们的理性惊觉的一刻，
但我们的灵魂，它高贵的渴念，沉睡着。

我们在不同的时刻聆听舒伯特，
遗作五重奏，绝望不断地、
专注地、几乎无餍足地显露自身，
一次次开始它对风雅的音乐大厅
冷漠的突击，穿着皮衣的女士
和评论家，重要报纸的次要使者。
曾经的一次远足，半夜，乡下的夏季，
一个陌生的声音令我们驻足：马厩里
看不见的马的鼻息和嘶鸣。仿佛
夜在对着自己愉快地大笑。
如果我们看到的如此之少，那诗是什么？

如果不存在威胁,那何为救赎?
遗作五重奏!唯有音乐在死亡之后
不停生长,音乐和树的根须毛。
仿佛河流带来狂喜的奶与蜜,
仿佛舞蹈者又在疯狂中舞蹈……
而我们并不孤立。有一天,一把
用旧了的吉他将开始仅为自己歌唱。
而火车终于启动,地球在下面
摇动它恢弘的重力,而巴黎
在慢慢地接近,带着它金黄的光环,
和阴沉的怀疑。

二十五岁

给我的妹妹艾娃

你的梦在时间深处跳动,
平静轻柔的呼吸:旅行者也那般睡眠,
当他们在尘埃和胡蜂飞动的
托斯卡纳的车站,遭遇短暂的暴风雨。

现在你应该年满二十五,
听着我无法忍受的歌曲,
也许它们能抚慰一颗才破碎的心,
而我一直在开你的玩笑。

你平静的梦在时间深处跳动;
被保姆遗忘的孩子们也那般入睡,
永不醒来,并且不离开
海豚哭泣的水底的房间。

小丑是怎样走路的

在车站,一个年老的小丑双手扬出
流动马戏团的传单。毫无疑问
小丑就是这样走路的——代替售货机(或孩子们)。
我认真地望着他:我想知道小丑是怎样走路的。

不可思议的平衡在悲哀
和疯狂之间,缓缓滑出的富有感染力的笑声;
脸上的皱纹每一年都要加深。
剩下的是无比巨大的鼻子

和老年人的迟钝——不是对
健康蠢笨之人的戏仿,而是对
身体缺陷,造物者错误的
复制。剩下的是一个发亮的巨大前额,一盏

白奶酪做成的灯(此时还未画上),薄薄的嘴唇
和两只眼睛,陌生人对其冷冷的
一瞥,也许是这张脸的下一个租借者——

如果这个不幸的租契可以更新。

小丑就是这样走路的——当世界巨大的冷漠
侵入我们,痛苦地进入我们,像铅在我们的牙齿之间。

月亮高高在天上

在夏天当然
有家庭旅行,
野餐,在一条发黑的运河边,

(早些时候因阿道夫·希特勒出名)
那里仍然有螃蟹;
河岸上松树瘦削而矮小。

有时候——很少——运煤的驳船,
向正西航行
那煤就像给一个星期天画家的炭笔。

热浪改换着衣服仿佛一个歌剧明星:
天蓝色,玫瑰红,猩红,
最后是白色,透明。

我的叔叔负责监督
我们的出游:他热爱生活

(但这爱不是相互的)。

如果那时有人告诉我
这就是童年,
我可能说不;

它只是钟点和白天,
无尽的钟点,
和六月甜蜜的日子

在永远缓慢流淌的
运河的两岸上,
浸润于潮湿的梦,

年轻柔和的月亮
独自散发着光辉
击败黑夜。

塔布*

棕榈生长在花园,那里
它们埋葬了冬天。比利牛斯山的影子
倾斜在地平线上。
一切都可能发生。
灰蒙蒙的房子,紧闭的窗户。
画眉鸟藏在泡桐树丛里
每晚都在令人心惊地歌唱,
当夜从东边进入街道
如外国军团。

---

* 位于法国南部,是上比利牛斯省的首府。

小华尔兹

白天是那么强烈,那么光亮
即便纤细、稀疏的棕榈
也覆上了细细的白尘。
蛇轻轻滑行于葡萄园,
傍晚的海却越来越暗,
悬在头顶仿佛手稿最上方的
标点符号,海鸥骚动。
一滴酒印在你的唇上。
石灰石的山丘在地平线
缓缓熔化,一颗星出现。
在深夜的广场
一支水手组成的乐队
演奏一曲肖斯塔科维奇的小华尔兹,
他们穿纯白的制服;小孩
在啼哭,仿佛猜到了
那欢快的音乐真正在说什么。
我们被锁在这世界的小盒子里,
爱释放我们,时间杀死我们。

凯斯兹的日出

在半明半昧中白色建筑隐现,尚未露出
全貌,在它们边上,灰沉沉的葡萄园,黎明前的寂静;
犹大数着他的银币,婆娑的
野橄榄树在狂热的祈祷中更深地扎根大地。
太阳就在那里!但依然寒冷
一片模糊的景致弥漫在我们周围;
星辰已经离去而僧侣睡熟,八月以前
鸟儿不得歌唱,偶尔有一只
像一个偷懒的中学男生,结结巴巴念着拉丁语。
现在是凌晨四点,绝望住在那么多的房子里。
此时正是那些面孔瘦长的悲哀哲学家
炮制其腻味警句的时候,而疲倦的
指挥家,他们昨晚使布鲁克纳和马勒复活
此刻无人喝彩、不情愿地漂入梦乡,妓女们回家
回到她们邋遢的公寓。
我们祈求那些灰沉沉
仿佛覆盖一层火山灰的葡萄园,重获生命,
我祈求远处的城市从冷漠苏醒,
我祈求不要混淆了混乱和自由

祈求重获那样一种信念，将
可见和不可见的事物连接，而不麻木心灵。
在我们底下，大海转蓝而地平线
愈见清晰，仿佛一根修长的束发带
钟情地、牢固地环绕着我们转动的星球，
我们看见渔船信心十足地摇晃一如海鸥
俯身蓝蓝的深水，片刻之后
太阳那深红色的圆盘从群山形成的半圆里浮现
送回光的礼物。

一九六九

贡布罗维奇①离世;美国人走在月球上,
小心地弹跳,好像会骨折。
*怜悯吧,我的上帝*②,一个黑女人
在某个教堂唱着。
夏天炙烤我们,湖水温暖而甜蜜。
冷战依然拖着,俄国人占领了布拉格。
这一年我们第一次相遇。
只有野草,衰败、发黄,是不朽的。
贡布罗维奇离世;美国人在月球上行走。
垂怜吧,时间。垂怜吧,毁灭。

---

① 贡布罗维奇(1904—1969),波兰小说家、戏剧家。
② 原文为德语。巴赫著名的《马太受难曲》中最著名的一支女中音咏叹调名。

世界的散文

世界的散文①

——黑格尔，当然

想象一天开始于一间幽雅的咖啡馆；
桌上是套色的报纸而阿兹那沃②的歌
自扬声器漂游过来，短暂的关注的时刻：
柔媚的法语音旋起仿佛一个孩子的玩物
在强大之城的内部，在帝国的中心，
似乎就要使这冬天的皇后融化。
紧张的官僚身穿局促的服装
大口喝下滚烫的咖啡，遗忘之液体。
四架孤独的飞机盘旋在头顶。

我站在一幅里尔克谈论过的画前：

---

① 原文为德语。
② 查里·阿兹那沃（1924— ），歌手，出生于亚美尼亚移民的家庭，20世纪世界最有影响的歌星。他一生的演唱灌制了740首歌曲，其中包括法语、英语、西班牙语、德语歌曲。从艺60多年，几乎涵盖了20世纪大半个法国和世界乐坛。2001年10月8日荣获由法国总统希拉克颁发的"职业最高荣誉骑士勋章"。

杂技演员之家在荒凉之地做空中翻。
无人观看,他们众多的把戏
和歌曲,藏进小手鼓和柔软的肌肉里,
他们的弹跳和笑话在此全归于无。
他们茫然地注视,四下里张望;
右边那个年轻的女人也许想
离开这幅油画(她远远地站在一边)。
他们往四下里看,但有什么可看?

雪在我们周围,覆盖了发电厂的建筑。
大雪仿佛书套般包裹着纪念碑
甚至使方尖碑尖尖的顶部也变白。
外省的树静静呼吸在大雪之下,
新生的叶芽在深睡,等待吉兆出现。
你付出了生命,为每个下雪的时刻,为
看上去白或黑的一切,为快乐,为观看。
生命的散文在我们周围展开,
而诗蜷伏在一间心灵的小室。

一个国王

纪念约瑟夫·恰普斯基[①]

他很老了。但他的精神还稳健。
关于一个熟人(和他一样老)他说:
"那个出名的彼得堡美人;请注意
她的脸。"他依然画画、生活、写作、思考。

他认识阿赫玛托娃。与纪德[②]交谈过,
也曾引起安德列·马尔罗[③]注意。
纪德(太巴黎人化)令他失望。
一文不名,他也要接济穷人。

那么魁梧(且善良),仿佛骄傲的
品性希望以他作炫示。

[①] 约瑟夫·恰普斯基(1896—1993),波兰艺术家、批评家。曾在军队任职。卡廷事件的幸存者。二战后流亡巴黎,创办《文化》月刊,对20世纪波兰文化影响巨大。
[②] 纪德(1869—1951),法国作家,1947年诺贝尔文学奖获得者。
[③] 安德列·马尔罗(1901—1976),法国政治家、文学家。

玛丽·麦卡锡①曾从博物馆的人群里
瞥见他一眼便草草记住：一个正直的人。

美使他激动。尽管他更多地
谈及丑与痛苦——
这些他似乎不知道的事物
（但现在我们何以如此确信？）

什么才是神圣出现的时刻？
我们如何断定，因为我们总使其处于
过去，或将来时态（满怀希望地！）
我们常从一个遥远的国度描述它，

在那里我已被一列疯狂的快速列车带走
在那小小的安静的车站没有停留
我们呼唤"美"，一个歇息的地方
对美的体验却过于审慎。

---

① 玛丽·麦卡锡（1912—1989），美国当代著名女作家。

但我们没完没了地谈论
丑,而痛苦仍将填满
浩繁卷帙;我们匆忙的观光旅行
成为一辆谦卑的乌龟似的城市电车。

他的死漫长而耐心;也许那些
统治地球和下棋的人有异议:
难道这样一个卓越正直的形象,一个国王
应被造成一个水平线的形式,一条直线?

烟

太多的挽歌。太多的记忆。
干草的气味和一只白色苍鹭
茫然飞过田野。
我们知道如何隐藏死者。
我们不想杀死他们。
但是强有力的光明的时刻
躲过了我们的符咒。
我的房间里堆满了梦
高高的叠得像一堆地毯
那里面,一个闷热的东方商店
已没有空间留给新的诗歌。
草鹿不愿飞行,
她试图预言。
无人对神表示敬意。
一个愤怒的祈祷者更有力。
椴树上的花朵,一个显豁的伤口。
烟从低处的镇子升起
和平进入了我们所有的家园;
我们的家园占据了每个角落。

菩提树

如此多的甜蜜
这城市已被麻醉;
一个瘦男孩,几乎
不占空间,
一只狗,也是,
还有我,一个置身一场无形战争的士兵,
还有我爱的河流。
菩提花盛开。

分隔

我几乎是带着忌妒阅读我的同代人的诗行:
离婚、分手、痛苦的分居;
苦恼、新的开始、无关紧要的死;
读过和烧掉的信、燃烧、朗诵、火、文化,
愤怒和绝望——强烈诗歌的材料;
严峻的裁决、对高尚道德家的嘲笑,
最后是忍受一切的自我的胜利。

我们呢?没有哀歌,没有分手的十四行诗,
一扇诗的屏风不会出现在我们之间,
机敏的隐喻不会对我们有用,
我们不能逃避的唯一分隔是睡眠,
睡眠是深深的洞穴,我们从那里独自下降
——而我必须记住,那时
我紧紧扣住的手是由梦做成的。

关于空虚的论文

在一家书店里我碰巧最后翻到论"道"的一节,
更准确地说,是读到《论空虚》。
我欣喜,因为那天我正彻底地空虚。
多么意外的相遇——病人碰到了医生,
但医生并不说话。

塞农克修道院

疲倦的旅游者寻求启明
探寻着小食堂幽暗的角落;
有人在太阳下睡着,张开的嘴唇

灌进普罗旺斯美妙的
空气,氧气和香草,香草和氧气,
以及地球干燥的气息。

偶尔一个严峻的面影闪过——
出于习惯,他没有时间,
他的时间都留给了永恒。

这些厚厚的砖墙,令人警觉的音乐,
无数次被毁,被交付自然,
革命,理性,如今都焕然一新。

长满薰衣草的田野包围修道院——
上方,蜜蜂的军队和初春的营营之声,
金黄的醒觉,缓缓地降生。

野蛮人

我们是野蛮人。
在你们的宫殿里,你们在我们面前颤抖。
你们等着我们,心怦怦乱跳。
你们这样评说我们的语言:
显然它们只由一些辅音组成,
沙沙的,耳语似的,干树叶的声音。
我们是生活在黑森林里的人。
我们是身在托弥①的奥维德所惧怕的人,
我们是你们不能念出其名字的
诸神祇的崇拜者。
但我们也懂得孤寂
和恐惧,并开始渴望诗歌。

---

① 奥维德于公元 8 年被流放此地。10 年后诗人卒于此地。

给你

这不是为你写的唯一的诗——此刻
你睡在梦织的云团里吗——我不仅
为你写胜利的,微笑的,可爱的诗
也为你写被征服和被制服的诗,

(但我从来不知道
谁能打败你!)
为你,我写疑虑重重
和不安的诗,一首接一首,

仿佛希望有一天——如乌龟
——通过我拙劣的言辞
和意象,到达你至今所在的地方,
那里,生活的闪电背负着你。

古老的历史

那些夜晚中的一夜,当云层
强健如跨洋蒸汽船,
展开与太阳的友好战斗,而光,
那样强烈、无情的六月之光,
经受着无尽的变幻和滤析。
因为城市巨大,成千上万的人们
在一整天无用的辛劳后
乘火车或汽车
返回郊区
如塞满新鲜干草的硬纸板盒里的玩具士兵。
而古老的世界隐秘地躺在脚下,
长着拳击手般破鼻子的希腊人,
阴郁,沉默,饥饿。
闪光的锡皮屋顶上,抽芽般
挺出的烟囱和天线之上,暴雨集结
却未发动最后袭击。
暴雨之外,这个世界,这个夜晚的
光闪闪的神祇,摊手伸脚地躺着。
神祇之外是虚无,

唯有认真的画眉在唱着销魂的歌。
我静静站在街上,为欲望
钉住,半是痛苦,半是甜蜜,
不合时宜地,祈祷着,
为自己和他人,
为我死去的,母亲,
也为我的死亡,
一只未被驯服的野兽。

给加布里埃尔

那年的冬天暖和,
房子的红斑点没有被冻住,
也没有褪色,苹果是那样敏感。
微红的山毛榉回忆着夏日的甜蜜
狼群不敢接近我们
幽暗公寓的台阶。
你听着墙外某人的呼吸。
我们知道的只是:生活是温暖的。
但航船的危桅和纤细的天线
已经摇动,
酒从壶中倒出,
静静的河谷,躲在
猎人视野之外,也许要淹没;

当然要淹没,加布里埃尔①。

---

① 加布里埃尔·穆特(1877—1962),德国女画家。穆特早年在杜塞尔多夫女子艺术学校学画,24岁时进入慕尼黑法兰克斯学校,与康定斯基相识并订婚。从1908年开始,她和康定斯基在慕尼黑以南的莫尔诺生活,在那里,穆特从当地民间美术和彩色玻璃画上获得灵感,结合后印象派以来的法国绘画风格,形成自己的艺术语言,开始采用明亮的颜色和大胆的形式。当康定斯基和马尔克于1911年成立德国表现主义流派"青骑士"时,穆特是其中的主要成员。

奥尔良广场

这是一个痛苦与美曾经在此
相连的地方——两种彼此
熟知已久的物质。
如今一家银行占据这里；
风度翩翩的绅士们来来往往，
每个纤长如一张崭新的钞票。

肖邦曾在此生活。他的手指
敲击琴键，大约，在狂热中。
热情的诗歌曾在此生活。
如今这里四处和平而宁静，
附近的保险代理业兴旺，医生
在约定时间接待他的病人。

黄昏降临；公寓房矗立
仿佛站在这世纪碎石上的苍鹭
（城市的汽笛声在远处响起）。
广场中央一只小小的喷泉
羞涩地扬起两条水辫子，

让我们想到生命究竟是什么。

我们坐在台阶上仿佛
无事发生。也不能说
我们感到了悲伤。
焦虑和疯狂（两个
年轻的国家）已经
取代古典的克制。

九月的暮晚渐渐暗了，
和风拂过巴黎
仿佛一个年老的歌舞伎①演员
扮演着一个纯真少女。
如果有什么令我们不安——其实
没有——那就是空旷。

---

① 歌舞伎是创始于17世纪的日本传统剧种。

试着赞美这遭损毁的世界

试着赞美这遭损毁的世界。
回想六月漫长的白昼,
野草莓、滴滴红葡萄酒。
那井然有序地长满
流亡者废弃家园的荨麻。
你必须赞美这遭损毁的世界。
你见过那些漂亮的游艇和轮船;
其中一艘,漫长的旅途在前头,
另外的,带咸味的遗忘等着它们。
你见过无处可去的难民,
你听到过行刑者兴高采烈地歌唱。
你要赞美这遭损毁的世界。
记得我们在一起的时候,
在一个白色房间里,窗帘晃动。
回想中重返乐声骤起的音乐厅。
在秋日的公园你收集橡果,
树叶回旋在大地的伤口。
赞美这遭损毁的世界吧,

和一只画眉鸟遗落的灰色羽毛，
以及重重迷失、消散又返回的
柔和之光。

早期诗歌（1970—1975）

爱德蒙德这个名字

爱德蒙德·胡塞尔①,现代哲学家,
柏拉图的朋友,而爱德蒙德·蒙西埃尔②,
身体欠佳的磨房工人,
两个来自西部和
中部欧洲的犹太人,如今已不在世,而任何人
无须想到
那天鹅绒似的小脸
就以此名字命名他的儿子
那副面庞展现在所有蒙西埃尔的
画上,也是被稍稍改变的,
胡塞尔的形象。

---

① 爱德蒙德·胡塞尔(1859—1938),德国哲学家、20世纪现象学学派创始人。
② 爱德蒙德·蒙西埃尔(1897—1962),波兰艺术家。中学毕业后在一个小镇上开商店。1942年德国人没收了他的商店,他躲进他兄弟的阁楼里(直到去世)并开始作画,现存500余幅,多作于小纸上。

住我楼上的享乐主义者

住我楼上的享乐主义者
他上过有关
马克思列宁主义的夜校
他完成关于爱的速成课程
让他的丈母娘每天
出门两次 一个有病在身的老妇
她咯血 老年的黑血
她叫他婊子养的
而他把收音机举起对准她
那时收音机恰巧播着
一个有关现代青年的充沛活力的节目
于是他想我还年轻
我的人生展现在我的面前
就像夏日明亮太阳下的海湾

舌

被关在一只白色的笼子里
每当最轻微的风拂过
它都想逃走
在说出几个字母之后被俘
它在波兰语中的溃逃
受到最宽大的处理
即便如此口腔的残忍
也难以形容
在面部的禁猎区
舌是最后的动物。

真相

起身吧打开所有的门解开绳子
从神经之网释放自己
你是耗尽了鲸鱼的约拿
拒绝跟那人握手
站直了拧干舌头的软塞
扔掉这层茧撕毁这些隔膜
深深地吸入空气
慢慢记起句法的规则
说出真相说你亲手服侍的东西
左手端着爱右手端着恨

新世界

我不曾回复的信
它们互相回复
我不曾阅读的书
打开七个伤口

如果你生活在世界的中心
你一定要考虑一切
生者和死者正注视着你

我不能区分生者和死者
那么多人死去
我完全不知道巴布罗·毕加索这外省的画家
是否活着他的数不清的牺牲者是否依然生活着
在医院里拜访过他小说里主人公的
托马斯·曼是否依然生活着
来自杜若霍比茨①的犹太圣人今天他是谁
那伟大的殉道者的未婚妻在哪里

---

① 杜若霍比茨，利沃夫的一个区，现属乌克兰。

他是那么爱她们她们
却不能跟他结婚
但你
生活
在这世界的中心
死者在右
还没有生者

你记得所有那些地方
大大的房间挂满主人们婚礼的照片
一幅油画里的耶稣一身荆棘
做第一次圣餐礼
你记得床单上的非洲海域寒冷的
旅馆地板的矩形
所有这些禁地
病弱的女人她们伸出
舌头苍白的手指抓取最后的
爱的圣餐并问怎么走
好像不知道她们是在家里

在墙壁后呼吸匆忙告别
你记得那些脸上
和嘴唇上保留着伤疤的人永远不会痊愈
你记得从湖和河下来的战士
在公开场合洒下他们
高贵之血的骑士以及那些
在死亡的纱布下藏起伤口的人
却都是多么平淡无奇
而侍者们大笑着死去

那些在第一次战争后出生的人
在晚会上不会与我们握手
他们以宽阔的手掌投出
夹在指间的选票
史卡伽交还他的党证然后离开大厅
狐狸和羔羊拿起长矛追赶他
他们那边突然鲜花怒放于是追猎停止了
那些出生在战争的最后一天的人
有着寻常人的双手

那些出生在战争的最后一天的人
仍然不知道双重爱的艺术
你记得诗人们的春天
他们的胡须在门口修理
年轻诗人看上去那么老被认为是
不合适的据说胡须损坏人的脸
一些人停止了写作另一些人去远航穿过
欧洲充溢的心寄信回家
营房的墙壁造屋的规划
被用槲寄生装饰冬天来临了
一个新的世界正在开始
我承认我一直没有看见火焰不过少而又少的昆虫
我承认令人反感的盲者不会被看见
沙的胶片隐藏起爆炸之血
所有人看起来一样
而每天晚上同一个醉鬼结结巴巴的话语团结起
整个国家的工人们
我承认刀沉睡在鞘中
你生活在克拉科夫你是一个诗人

你生活在什切青①在一张脸的斧子下
你是一个码头工人生活在世界的中心
死者在右
还没有生者

不要被足球联赛哄骗
你曾经扮演过自己现在他是一只老动物
你一动不动注视着球的飞行
抖落衣领上的头皮屑不要
被夏日夜晚柔和的滋味哄骗
当女人带着她们冒着热气的身体走出门外
不要被冬天水疗法的冷水哄骗
附近有一处荒野你每走一步
都会留下抹不去的足迹不要
被驯服的鸟儿哄骗
从每只鸟那儿都会冒出一枚导弹当时间再一次
开始喂鸽子不会有用

---

① 什切青,波兰位于波罗的海边的主要港口城市。

它们不会被买到不要被疲惫的正在老去的领导人
肖像上的灰尘哄骗
一个年轻的领导人将会从每个年老的领导人那儿
　　冒出
一个绞刑执行人被缝进他身体的制服里不要被他
刚够识字水平的毕业证书哄骗
他们会在任何时候出错草坪成为
火山口从每辆轿车那儿都会冒出一辆坦克
不要被弗洛伊德的依恋情结
伦敦的计划冗长乏味的讲话哄骗
收听晚间新闻时不要打盹
你的邻居从没睡着是爱
使他虚弱不要被他
拙劣的话语哄骗他每天解释的那一套
那么令人难堪早就被扔到一边
我正在思考战争你甚至最喜欢这个了
男孩子们消失当你上楼去写作
你的回忆录我正在思考战争
不要让它哄骗了你有过那么多

隐秘的战争任何事都有可能发生
每个房子都掩藏着另外一个
隐秘的房子你的每个举动
都可能是完全不同的一个你所说的一切
都可能以完全不同的方式说出你可以有
不同的朋友你可能永远不会遇到
那一个女人你可能遇到一个不同的女人
不要被钉在她脸上的
微笑哄骗你的每一个思想
都可以是另一个人的思想你也许
没有遇到她你可以完全相反地思想
和我一样你也许更
喜欢你的想法
不要被你前额上的皱纹哄骗
一切都是借用的
不要被你崭新的公寓哄骗
而你在报纸上的相片一点也不像
你自己不过加倍地借用而已
你万分地谨慎那又怎样

你是赤裸裸的在每一个梦里你都是
一个老人回到家
不要让诗歌哄骗了你
干脆不要读它们你没有工夫
时间抓住了你抓牢了你用它的拳头
用它的爪子如果它是一只鸟
慢慢噎死你你想时间不过是哮喘病
不要被医生们的英特纳雄耐尔哄骗
任何事都可能发生
正常的一切结束得最快
抓住所谓正常的东西太容易了
与它和解太容易了
不要被那安逸哄骗

我承认充满阳光的天空在前方
旅馆像花园满是红润的
有着樱桃般脸颊的男人他们的
访问团寻求官方的封印
在瘦女人们幸福的

关心下屈服于烦琐程序
而下一次其中一人将不会返回
调查将展开
史坦利将飞回极地
人造卫星不会眨一下眼睛
加加林①将告别他的母亲
苏格拉底将站在法庭面前
哥伦布在死寂的灯光下将从他的床上被拉起
那么多人消逝了
而我不记得谁依然活着
谁刚刚死去

---

① 加加林（1934—1968），苏联宇航员，第一个进入太空的人。

总是正确的人是什么样子

总是正确的人是什么样子
他系哪种领带
他是否以完整的句子讲话
他穿十分磨损的衣服吗
他来自血的大海还是
遗忘的大海他的衣服仍然
留有很重的盐味的痕迹吗
他来自什么时代
他的脸是否焦黄
他在梦里哭泣吗他梦到什么
总是在这同一间房里
墙壁的心脏被取出他是否
和自己说话他住在一个老人
租借的身体里吗为这间小室
他付出了多少不安他是一个流放者吗
来自哪个城市是好奇心
驱使他吗这是否值得
谁能回答他的外套上
那个污点是什么谁站在他的身后

你是否能告诉他任何事情都是
相对的取决于你怎么看待它
没有人知道它究竟怎样
你是否能认出他
当他在脑袋的重压下驼着背
走过街道

二十一岁的士兵们

我不会画画,我的嗓音变哑,
我没有通过高中期末考试,
我不会成为艺术家。他们指派我
到步兵营,祖国之子的
第二个单位,我们擦我们的枪并聆听
和平年代的讲话,战争拖延着,
房屋闭上的眼注视着动物们的
反叛以及更年长的牺牲者组成的
望不到尽头的队伍,我的母亲给我带来
面包在渴求真理的时刻给我带来隐藏的
报纸,我将面包分给朋友,用报纸
建造军舰,伟大的战斗和意想不到的
胜利等待着我们,
隆隆作响的货车和喝醉军官的叫喊
在夜里吵醒我们,二十一岁的
士兵们,渴望着血,深信
真正的战争在迫近。

哲学家们

不要欺骗我们了哲人们
工作不是一件开心事人不是最高目标
工作只是没命地流汗主啊当我回到家里
我只想睡觉而睡眠像一条驱动带
将我输送至接踵而来的一天和太阳的
赝币早晨撕开我的眼皮它们仿佛在我出生
之前就已紧闭我的双手像两个外籍工人①甚至
眼泪也不属于我它们参与公共生活
像豁嘴的演讲者和已经
长进大脑里的一颗心
工作不是一件开心事而是不可治愈的痛苦
像敞开的良心之疾像新住房在建项目
市民得穿着高高的皮筒靴
绕行通过

---

① 原文为德语。

不朽

这些十九世纪可怜的诗人
两颊绯红的梦想家
我们为灵感燃烧的
伟大的兄弟同意留下自己的肖像
今日巴黎流派诗选的明星们
种种引文的作者你们证明
曾经所有的不公都是正当的

选自《震惊》(1985)

去利沃夫

去利沃夫。从哪个车站
可到利沃夫,不是做梦,在黎明,露珠
挂在行李箱,特快
列车和子弹头列车就要问世。匆匆
去利沃夫,白天或黑夜,在九月
或三月。可是,首先要相信,利沃夫依然存在,
在国界线内可以找到而不仅仅
存在于我的护照,高高的白杨
和槐树依然大声呼吸
仿佛印第安人,溪水依然嘀咕
黯然的世界语,草蛇仿佛俄语里
轻柔的标志,消失在
植物丛。打上包裹,出发,离开
不留痕迹,像一位虚弱的小姐
在正午消失。还有牛蒡草,绿色
牛蒡草的队伍,在威尼斯咖啡馆
画布下面,正下方,蜗牛谈论着
永恒。而大教堂高高耸起,
你记得,那么端正,一如

星期天，白色手巾和装满覆盆子的
吊桶立在地板，而
那时我的欲望还没有诞生，
只有花园，种子，和"安妮皇后"樱桃
琥珀以及令人捧腹的滑稽剧。
说起利沃夫，总是太多，没人能够
理解太阳炙烤下
每块石子的低语，夜晚东正教堂的沉寂
与基督教教堂全然不一，修士
一叶一叶，给植物施洗，它们却
没头没脑地生长，快乐弥漫
在每一处，厅堂，自动旋转
咖啡机，蓝色
茶壶，浆衣服的
浆，连绵雨点，玫瑰
刺。窗户边挂冰的黄色连翘丛。
钟敲响了，空气震动，女尼们的小纸袋
帆船似的飘向
戏院，这个世界有那么多

要在这一遍、一遍上演,
观众沸腾了,不愿
离开。我的姑姑们还不知道
我复活了她们,
而我如此确凿地活着,如此孤单;
仆人,干净,烫完了衣服,去拿
新鲜奶酪,里屋
带着一丝愠怒和巨大的期望,布勒佐佐斯基
作为访问学者到来,我的一个叔叔
不停地写着一首题为《为什么》的诗
献给全能的上帝,说起利沃夫
太多太多,它注满了容器,
漫过杯子,溢过
每一座池塘,湖泊,从每只烟囱
冒烟,变成火,风暴,
和闪电一起放声大笑,变得谦和,
转回家去,朗读旧约全书,
在小地毯旁的沙发上睡着,
关于利沃夫,有过太多太多,而现在

什么也没有了,它无情地生长
冷漠的园丁,像在五月一样,没有怜悯
没有爱意,剪刀
剪断了它,啊,等着吧,直到暖和的六月
和柔和的羊齿草一起,和无边
夏天的原野,也就是现实,一起到来。
而剪刀落下,沿着直线,穿过
纤维质,裁缝,园丁,检察官
剪断它的躯干和花冠,剪枝刀卖力地
裁剪,仿佛孩子的手工游戏
沿着纸上打出的鹿或天鹅的虚线。
剪子,削笔刀,剃刀狂戮,
裁减,弄短主教骄奢的
衣服,以及广场的、房子的衣服,树木
无声倒下,仿佛在丛林中,
大教堂颤抖了,人们互相告别
没有手绢,没有眼泪,如此干裂的
嘴,我不会再见到你,如此多的
死亡,等待着你,为什么每个城市都要被弄成

耶路撒冷,每个人成为犹太人,
而此刻,每一天,总是,
匆匆,打包,
屏声静气,去利沃夫,毕竟
它存在着,安静、纯洁
如一棵桃树。它在每一个地方。

漫游者

我走进车站的候车室。
没有一丝风。
我的口袋里有一本书,
某人的诗集,灵感的踪迹。
入口处的长椅上,两个流浪汉和一个醉鬼
(或者是两个醉鬼一个流浪汉)。
长椅另一头,一对上了年纪的夫妇,非常优雅,坐着
凝视头顶某处,朝向意大利和天空。
我们总是被区隔。人类,民族,
候车间。
我停留一会儿,
不知道我应该加入哪一边
受罪。
最后,我在中间坐下
并开始读书。孤身一人但我并不孤独。
一个并不漫游的漫游者。
启示
忽闪又熄灭。呼吸的重山,接近
山谷。区隔仍在继续。

温柔颂

早晨是盲目如初生的猫。
手指甲是那样忠实地生长,有一会儿
它们不知道会碰到什么。梦
是柔和的,温柔隐隐靠近我们
像雾,像克拉科夫大教堂的钟声
在它冷却之前。

晚期贝多芬

吾未见好德如好色者。

　　　　　　　　——孔子

无人知道她是谁,那不朽的
爱人。此外,一切都很
清楚。带羽毛的音符静静
停在五线谱的线条上
仿佛紫崖燕刚从
大西洋飞来。为了谈论他,
我应何为,他,一个仍在
生长的人。如今我们孤独行走
不再有幽灵和旗帜。混乱
长存,我们孤独的嘴说。
我们知道他不修边幅,
有继承性的贪欲发作,他对朋友
不是太公平。
朋友总是带着他们无懈可击的微笑
迟到一百年。谁
是那不朽的爱人?当然,

他爱美德胜于爱美人。
但一个没有名字的美神住在
他里面，强制着他的忍耐心。
他数小时即兴创作。每次
只有少数几分钟被记下。
这些时刻既不属于十九
也不属于二十世纪；仿佛盐酸
烧灼天鹅绒之窗，因此
打开了朝向更光滑的
天鹅绒的通道，细如
蜘蛛网。现在他们以他的名字
命名船舶、香水。他们不知道谁
是那不朽的爱人，不然
新的城市和面点也会享有她的
芳名。但这毫无益处。唯有天鹅绒
在天鹅绒下生长，犹如树叶安全地
隐于另一片树叶。光隐于黑暗。
无尽的慢板。疲惫的自由就是如此
呼吸。传记家们只是就有关细节

展开争论。为什么他那般
折磨侄儿卡尔。为什么
他走路那么快。为什么他不去
伦敦。此外,一切都很清楚。
我们不知道音乐是什么。谁在其中
讲话。它被用来向谁致词。为什么它
那般固执地沉默。为什么它绕着圈子、返回
却不依照福音书的要求
给出直接的答案。预言
没有完成。中国人没有到达
莱茵河。再一次,结论表明
真实世界并不存在,相对于巨大的
花岗岩浮雕而言。秘密隐藏在
别的什么地方,不在士兵们的
背包里,而在一些笔记本里。
格利尔帕泽尔①,他,肖邦。而将军们

---

① 弗朗茨·格利尔帕泽尔(1791—1872),奥地利贵族,戏剧家。

被铸以铅和金属箔的肖像，为了
给地狱的火焰一刻延缓
在稻草燃烧释放千瓦的热能后。无尽的慢板，
但首先是欢乐，狂野的
形式的欢乐，死神放声大笑的姐妹。

叔本华的哭泣

是的,正是那同一个叔本华(1788—1860),
《作为意志和表象的世界》一书的
作者,自然之狡诈与天体之音乐的
发现者。后来,
某人将称其为导师。无事曾发生
因为无事会发生。那只是一个
小孩,乳臭未干,与他
在青春期认识的一个女人长得有点相像——
青春期并不存在——一个曾对其毫无益处地
微笑的小孩,存在,很可能,
自然的一个代理人。
九月,并不重要,
不再打开心灵,大地只是
在缓慢变硬。
他回家,将自己
锁在里面,躲着仆人。锁的转动
多么光滑。很可能
出于某种阴谋。他开始哭泣。伟大哲学家的
小小架构,第七大陆,开始颤抖。

他的背心。他的浆得挺直的衣领。
发黄的脸颊。棕色的大衣。
所有这些可有可无之物颤抖着,
仿佛无数炸弹落到
法兰克福。他的孤独,密实编织的,
细如荷兰亚麻布,颤抖着。

热病

波兰就像一个移民双唇上
干渴的热病。波兰，
一幅由长途列车的蒸汽熨斗
压出的地图。不要忘记
第一颗草莓的味道，
雨，夜晚的
潮湿菩提树的香味；留心
咒语金属似的声音；记下仇恨，
国土转让如裁剪的上衣；
记住是什么在连接什么在分割。
单纯民族的土地，那样单纯
以致不能得救。一只因其恰当品行
被雄狮赞美的绵羊，一个总是受苦的
诗人。失去螫针的国土，无致命之罪的
忏悔。独处吧。
倾听一只未受洗礼的黑鸟的
歌。春天湿冷的香味
流溢着，一个残酷的标志。

克尔凯郭尔论黑格尔

克尔凯郭尔如此论及黑格尔:他让人想起某个
亲自建造了一座巨大城堡,却生活在
建筑近旁仓库里的人。
思想,同理,居住于
大脑最朴素的寓所,
那些许诺给我们的
光耀之地却覆盖着
蛛网,我们暂时只应享有
监狱里的逼仄牢房,狱中人的歌,
海关吏的好情绪,老警的
拳头。我们生活在热望中。在梦里,
锁落闩开。谁未能在巨大表象下
庇护一切弱小。上帝
是这世界最小的罂粟籽,
崇高地绽放。

我们知道一切

我们知道一切 我们大量阅读
怨恨我们温柔的年代 我们的膝盖
扫过了许多教堂的地板
战斗或者一个牢固圈子的厌倦
等待着我们 一种温暖的理解 或者
迟到的成年期的负担
我们喝水因为人都
喝水 我们走过 不修边幅
衣着褴褛 双手
插在口袋里因为二十世纪
并非黄金年代 毋宁说它大男人气的手
有着铁般的掌握
我们将退却 我们将被一贯等待机会的谎言
庇护 被必要的习惯之微不足道庇护
头脑将会再次唤醒
思想辛辣的口味 所以
这仍将是一个空缺的问题 我们是成为
一个天主教徒 还是基督教徒。

在树林

在树林里,在树冠里,在盛大的
树叶铺成的毯子下,在阳光华美的法衣下,
在感官下,在翅膀下,在魔棒下,
一种平静、困倦的生命隐藏在树林里,
它呼吸着,环行着,一幅永恒的草图。
富足的王国齐聚在橡木做的
读经台。松鼠奔跑,静止
仿佛小小的赤褐色的日落被藏在
眼睑下。看不见的人质
云集在橡子的壳下。
奴蚁带回成篮的果实和银子,
骆驼摇摆如俯首手稿之上的
阿拉伯学者,水井渴饮
水与醋,酸腐的欧洲
滴落如新伐之木上的松脂。维米尔①在画
长袍和一道不会消退的光。
画眉舞蹈于马戏团的帐篷下。

---

① 维米尔(1593—1680),荷兰画家。

斯沃瓦茨基①已移居巴黎；他
狂热地买卖股票。一个富人
缩身穿过针眼，
他呻吟、呜咽，哦何等的剧痛。苏格拉底
向开采黄金者解释何为
谎言，何为美德。
桨手缓慢地划船，水手缓慢地
航行。华沙起义②的
幸存者喝着甜茶。他们洗好的衣服
晾在树枝上。哪里是我的国家，
有人在睡梦中问着。一只绿色的帆船
系在生锈的锚上。不朽灵魂的
唱诗班排练着巴赫的清唱剧，在全然的沉默里。
附近，尼默船长③在一只狭长的睡椅上

---

① 尤利写什·斯沃瓦茨基（1809—1849），波兰浪漫主义时期杰出诗人。
② 1944年8月至10月，波兰人为驱逐德军而在华沙举行起义，起义坚持了63天，约有1.8万名战士牺牲，另有18万华沙市民丧生，大批华沙市民被投进集中营。
③ 尼默船长系儒勒·凡尔纳在1870写的小说中虚构的人物。

打盹。一只啄木鸟拍发着
有关占领迦太基①和
波士顿茶会的加急电报。
一只鼬鼠毫无变身成为
麦克白②女士的打算，在树冠里
没有任何良心的不安。伊卡洛斯③
安详地溺死。上帝在倒着卷轴。惩罚性的
远征回到兵营，我们将长久
活在阿拉伯装饰图案的线条里，在褐黄色的猫头鹰
叫声里，在欲望里，在无家可归的
回声里，在丰盛树叶的长袍下，
在树冠里，在某人的呼吸里。

---

① 迦太基为非洲北部的古代城邦。
② 《麦克白》为莎士比亚名剧，主人公麦克白是有野心的英雄，他在夫人的怂恿下谋杀苏格兰国王邓肯，做了国王。为掩人耳目和防止他人夺位，他一步步害死了邓肯的侍卫，害死了班柯，害死了贵族麦克德夫的妻子和小孩。恐惧和猜疑使麦克白心里越来越有鬼，也越来越冷酷。麦克白夫人精神失常而自杀，对他也是一大刺激。在众叛亲离的情况下，麦克白面对邓肯之子和他请来的英格兰援军的围攻，落得袅首的下场。
③ 希腊神话里的人物，代达罗斯之子，父子被囚在克里特岛上。伊卡洛斯因蜡做的翅膀被太阳融化坠海而死。

一条河

来自诗的诗,来自歌的
歌,来自画的画,
总是这样友好的
浸润。在河的
另一岸,在存在的阈限,
士兵在行进。一支黑色的军队,
一支红色的军队,一支绿色的军队,
钢铁之虹。在中间,平滑的
水,冷漠的波浪。

他走动

他走动,在明亮中,在黑暗中,
在瀑布的轰鸣中,在睡眠的寂静中,
却不像受到保护的牧羊倌
得到庇护。他眺望最长的路线
道路那样迂回
仅能看见,又消失于
痛苦中。唯有盲人,唯有
猫头鹰在他们的眼帘下
有时会感到它越来越少的痕迹。

无期徒刑

那些痛苦结束。
不再有哭喊。在一本旧相册里
你看着一个犹太孩子
在死前十五分钟的脸。
你的眼干涸。你把水壶架上炉子，
喝茶，吃苹果。
你将活下去。

多重性颂

我不懂得它而我甚至
乐见这世界如不息的
海洋超过了我理解的能力。
水，雨
投入靠近波希米亚—德国边界的
贝克池塘，在
一九八〇年九月，一个不具特殊
意义的细节，深深的德国的池塘。
让半氧化的自我平稳地
呼吸，让游泳者游过
浪峰，夜晚来临，猫头鹰从其日常的
睡眠中醒来，远远地
汽车发出慵懒的轰鸣。谁一旦
接触哲学而迷失
便不会被诗拯救，总还有
一些事物，难以断定，
令人痛苦。谁一旦领会到诗歌
疯狂的奔跑就再也不能品尝
家常故事石头般的平静

——每一章都是一代人的
巢穴。谁一旦生活过就不会
忘记季节轮转的快乐,
他甚至会梦到荨麻和牛蒡,而在梦里
蜘蛛看起来也不会比
燕子更糟。谁一旦遭遇
反讽,在聆听先知的讲话时
就会突然爆发大笑。谁一旦
不只是以焦干的嘴祈祷
就会记得来自一堵墙的
陌生回声。谁一旦
沉默,将不愿就一道餐后甜点
开口发言。而谁被爱的晕厥
击中,将不会带着已被改变的容颜
重返书本。
你,奇异的灵魂,站在
这丰富性之前。两只眼,一双手,
十只善于创造的手指,和
一个唯一的自我,一瓣楔形的橘子,

姐妹中最年轻者。而听觉的快乐
不会破坏视觉的
快乐,尽管自由的骤雨会扰乱
其他温和感官的和平。
和平,浓重的虚无,如九月之梨
充满甜蜜的果汁。
快乐的短暂时刻消失
在一阵氧气的雪崩下,在冬天
一只孤独的白嘴鸦将喙敲击在白色
湖面上,在另外的时刻
一对啄木鸟,被一把斧子
吓坏了,在我的窗外正看着
一棵病得不轻的白杨。
一个不在场的女人写着长长的
信而渴念如鸦片
膨胀;在一个埃及的博物馆,
不可动摇的,不间断的,相同的渴念,
被反复记入具有几千年历史的褐色
纸莎草。情书总是归之于

博物馆,令人好奇的事物
比情人们更持久。
自我吞食空气,理性从每天的沉睡中
醒来,游泳者浮出
水面。一个美丽的女人扮演
一个幸福的女人,男人们总是假装比实际的
更勇敢,埃及的
博物馆并不隐藏人类的弱点。
活着,是否只需活得更长一点,
献身于某颗更冷的星辰的力量
而偶尔将它嘲笑,因为它如一座池塘的雾
暗淡而寒冷。诗歌生长于
矛盾之上但并不克服矛盾。

耶稣受难节在地铁隧道里

不同教派的犹太人相聚
在地铁隧道里,玫瑰经念珠①
自某人柔软的指间跌落。

在他们之上修道士在四旬斋晚餐后入睡,
在他们之上犹太教会堂和教堂
矗立如冰川过后留下的岩石。

我聆听《马太受难曲》②,
它将痛苦转化为美。
我读策兰的《死亡赋格》

---

① 《圣母圣咏》经俗称"玫瑰经",是用珠子念的经文,此词由拉丁文的 Rosarium 而来。教会初期,教友常用经珠来祈祷,尤其是旷野的隐修士们,他们在小亚细亚和北非洲一带的旷野度隐修的生活。终日祈祷,故有用些小石头或绳结来数他们日中该念的经文。
② 巴赫在 1727 年创作的名曲。

它将痛苦转化为美。

在地铁隧道没有痛苦的转化,
它在那里,它持续而且尖锐。

凡·高的脸

正午,融化的人流,
巴黎。一个亭子上,一则草写的给新毕业生的告示
意在出生登记的敲诈
紧邻着狐皮和新产博若莱红葡萄酒广告。
在它们中间你棱角分明的脸出现,一个正直之人的
脸,焦虑
一目了然。
我们四散,我们路过,我们游在
那副极度痛苦表情的刀片下。
而你注视着我们,富有的人,
比生者更生动,更
镇定。

在五月

当我黎明时走在森林里,
在五月,我不停地问着,死者们的
灵魂,你们在哪里。你们在哪里,消失的
年轻的灵魂,你们在哪里,
完全转化了吗?
巨大的寂静统治了森林,
而我听到了绿色树叶的梦,
我听到了将会做成小舟、大船和帆船的
树皮的梦。
然后,鸟儿加入进来了,
金翅雀,画眉,黑鸟
站在枝条的跳台上,它们各不相同地
说话,以自己的声音,却不询问什么,
不怀任何苦涩或悔恨。
于是我意识到了你们在歌唱里,
像音乐一样难以捕捉,像音符一样
漠然,远离我们
正如我们远离我们自身。

火

或许我只是一个普通的中层阶级，
一个个人权利的信奉者，"自由"
这个词于我简单明了，它并不意味着
某个特殊阶级的自由。
政治上幼稚，接受过普通的
教育（短暂而肤浅的幻觉
是它主要的营养），我记得
那灼人的火焰，炙烤
人群焦渴的双唇，烧毁
书籍，烤焦城市的皮肤，我曾惯于
同唱那些歌曲，而现在我知道附和他人
是多么美妙；后来，我亲自品尝了
嘴巴里灰烬的味道，我听到了
谎言嘲弄的声音和唱诗班的尖叫
当我触摸我的头，我能感觉到
我的国家凸出的头盖骨，它坚硬的边缘。

火,火

笛卡尔的火,帕斯卡尔的火,
灰烬,火花。
在夜里,不可见的营火发着光,
这火,燃烧着,不摧毁
却创造,好像要在瞬间
恢复一切,那在不同的大陆
被火焰夺走的一切——
亚历山大的图书馆,罗马的
信念,新西兰某地
一个小姑娘的怕。
火,仿佛蒙古
军队,蹂躏、烧毁木造的、石造的
城市,但稍后它竖起
无形的房子与看不见的宫殿,
它迫使笛卡尔
推翻既往的哲学并重建一个新的体系,
它将自身转换成燃烧的灌木丛,
唤醒帕斯卡尔,敲响钟声
使之与饱满的热情一起融化。

你是否见过它怎样读
书？一页一页，缓慢地，
仿佛一个刚开始学习
拼读的人。
火，火，永恒的
赫拉克利特①的火，一个贪婪的信使，
一个嘴角染上黑刺莓的男孩子。

---

① 赫拉克利特（约公元前530—前470），公元前5世纪希腊哲学家，认为万物之源是火。

自我

它是小的并不比一只八月的蟋蟀
更易见。它爱装扮,化装,
一如所有的侏儒。它寄居在
花岗石块之间,在有用的
真理之间。它甚至适于
绷带之下,粘合剂之下。海关吏
或他们漂亮的狗都不会找到它。在
赞美诗之间,在同盟之间,它隐藏自己。
它扎营于头骨的落基山脉。
一个永远的难民。它是我,而我
怀着惊惶的希望最终也未找到
一个友人,是它。但自我
是那么孤寂,那么不信任,它不
接受任何人,甚至我。
它贴住历史事件
像水贴着玻璃杯一样紧。
它应可以充满一只新石器时代的罐。
它是不知餍足的,它要在水道里
流动,它渴望越来越新的容器。

它要品尝没有墙的空间，
扩散自己，扩散自己。然后渐渐消失
如欲望，而在一个八月之夜的
沉默里你听到唯——只蟋蟀耐心地
正在与星辰交谈。

闪电

我们活着所知甚少因而渴求
知识。仿佛植物,它们朝向阳光
生长,而我们寻求正义
我们仅在植物里找到了它,
在栗树的叶子里,和遗忘一样
巨大,在轻轻摇晃
无所承诺的羊齿草丛里。
在沉寂里。在音乐里。在一首诗里。我们寻求
正义,将它和美混为一体。
情感受严格的法律控制。
我们朝残忍
和厌倦背过身去。没有办法,我们
十分清楚,唯有只言片语,讲一个
完整的句子这样的事于我们也是
奇谈。多么容易就能恨上
一个警察呵。甚至他的脸对于我们
也是制服的一部分。别人的错误
太容易发现。在一个大热天,河流
倒映出山峦,云彩。那时生活

就像一只气球完满当它继续。
云杉树笔直静立，树阴
与寂静，海洋一样深。绿
眼睛，你湿润的皮肤，
我的小蜥蜴。在夜里，无声的闪电
在天上。那是别人的思想
烧尽了平安。有人不得不
匆匆打起包裹，走向远处，
不论东还是西，画出一条
逃亡的路线。

代夫特*眺望

房屋，海浪，云朵，和影子
（深蓝的屋顶，微褐的砖），
你所有的一切最后都成为一瞥。

事物的瞳仁，无拘无束，
因幽黑闪烁。

你将比我们的赞美、眼泪、
比我们的喧闹，可鄙的战争，活得更长久。

---

* 荷兰城市，以产陶器著名。

致……

死亡女士,我写信为了请求你
好心地考虑考虑延长
我对由你领导了这么多世纪的机构的
责任。你,女士,
是一位大师,一项剧烈的运动,
一把精致的斧,权威,柔软的唇,
剪刀。我不是奉承你。我请求。
我不是要求。我的辩护只有
沉默,草上的露珠,树枝丛里的
夜莺。你宽恕它,
它在一棵接一棵白杨的
叶子里的使用期,点点滴滴的永恒,
少许的惊异,和一个穷诗人的困倦的抱怨
因你不曾更新他的护照。

它停了下来

城市①停了下来
而生活成为静止的生活，
如标本里的植物一样易脆。
你骑着一辆不动的
自行车，只有房屋轮转而过，
缓缓，显出它们的鼻子、眉毛
和噘起的嘴唇。夜晚成为
一种静止的生活，仿佛不存在，
它在一座平静的花园闪亮
如一只中国灯笼。夜幕，静止，
最后的一个。最后的词。幸福
盘旋在树冠之上。
在树叶里面，国王们睡着了。
没有词，太阳黄色的帆
耸立在屋顶上如恺撒抛弃
营帐。痛苦成为一种静止的生活而绝望
只是一种静止的生活，被一个

---

① 德国西南部城市，普法战争时的主战场。

过路人的嘴框定住。广场
在鸟翅黑色的交织里保持着
寂静。寂静一如战斗后
耶拿的战场当深情的女人们
看着被杀者的脸。

在从前

在从前,我们信仰不可见的
事物,相信影子和影子的影子,
相信光——黑和粉红如眼睑。
哎,一部摄像机的爪子伤害着影像。
因此现在我们只能相信
从前,就像可怜的从前
习惯相信我们,他的曾孙。
他梦想我们能逃离
每一代里由丹东和罗伯斯庇尔,
贝里亚和其他野心勃勃的信徒
设置的陷阱。因为没有任何庇护所,
所以有庇护。因为不可见的事物
和声音存在一起
所以无人听见。没有任何安慰之物
所以有安慰,在
欲望的肘部下,珍珠
将会生长,只要眼泪还有记忆。
而溜冰者从断崖处返回时
不会失去他的平衡。而

黎明和送奶工早早起身
跑过雪地，留下白色的脚印，
迅速被水注满。一只小鸟
饮那水并歌唱，再一次
它拯救事物的无序和你和我
和这歌唱。

黑色之神,光明之神

黑色的一个在闪电里,
光明的一个在午夜
当群星在他的辉煌里变暗

孩子与大海嬉戏
并建起波浪的教堂,咸的彩画玻璃

亵渎神明的黑色的神,真正的那位,
像一个年老修道士的祈祷
他比女人
更不像一个男人

巨大的哀泣的雨水和欢乐的墙

奴役之神,驯服的巨人,
家庭里顺从的一员
残酷的神,屠杀孩子的凶手

囚禁和刺穿我们的

无限背景,无可比拟的背景
摇曳在夜里如一根火柴

诅咒的神,光明的
活在苹果、面包里的,神

不要让澄明的时刻消散

不要让澄明的时刻消散
让弥散的思绪在寂静中持续
尽管纸页似已填满而火焰摇曳
我们还没有达到我们的高度
知识生长缓慢像一粒智慧的牙齿
人的身高的刻度依然
仅及一扇白色的门
远远的一首歌和一只喇叭
欢快的声音如猫移近
消逝的并未落入虚无
司炉工依然在朝火上添炭
不要让澄明的时刻消散
于某种坚硬干燥的物质
你必须镌刻真理

力量

那搏动在粗树枝
和植物液汁里的
力量
也居留在诗歌里
但它是宁静的

那盘旋在亲吻
和渴望里的
力量
也存在于诗歌里
虽然它是寂静的

那生长在拿破仑的
梦里并告诉他去征服俄国和冰雪的
力量
也在诗歌里
但它是非常平静的。

流亡者之歌

我们存在于异国的城市。
我们称其为本国的但不会久。
我们从东走到西,在我们前面
滚动着一只燃烧的太阳的
巨大火圈,仿佛马戏表演里,驯狮,
敏捷地从中穿越。在异国的城市
我们看着古代大师的作品
并毫不诧异地从那些悠久的
绘画里认出我们的脸。在以前
我们就活过而且我们懂得受苦,
我们只是缺少词语。在巴黎的
东正教教堂,最后的灰白头发的
白俄罗斯老人向神祷告,向
比他们年轻几个世纪却一样
无助的神。在异国的城市我们会
留下来,像树,像石头。

弗朗茨·舒伯特*：记者招待会

是的，我的生命短暂，是的，我爱过，
感受过一线光在生长，是的，在我的
手指下火花曾诞生。
是的，我有过不多的时间，我不知道
是多少，我同情葛丽卿②，
死去的青春，未得报偿。
不，火焰并不沉默，是的，
我跑过了冰冷的森林，
被雪，黄色的星星追赶，
被奇妙的风格本身；不，不是秘密警察，
我不知道它是不是一个魔鬼。没有纪元，只有
绿草，椿树，平静的
物体，池塘上面的蜻蜓，
但没有纪元，木制的地板，
缄默的椅子，是的，维也纳，

---

* 弗朗茨·舒伯特（1797—1828），奥地利作曲家，早期浪漫主义音乐的代表人物，也被认为是古典主义音乐的最后一位巨匠。
② 葛丽卿是大诗人歌德所著《浮士德》第一部的美丽女主人翁。

咖啡的味道，一如现在，
窗台上的鸽子。不，我没有
预见国家的春潮，
我不知道，不记得，这个问题
太私人化。不，我
不精通瓦格纳①的音乐，我们
能沟通吗？悔恨，甚至嫉妒，
我不知道这是不是命运，一副手套，
如此精致的雪花，但愿
它们不要变成一场暴风雪。
那少女的绿眼睛。
我的定数太大，像一顶帐篷，
我的心如此笨拙地悸动
在这些巨大的房间里，是的，才能，
压碎苦咖啡豆的牙齿。
不，我害怕，我被从四面八方包围，

---

① 威廉·理查德·瓦格纳（1813—1883），德国作曲家。

雇佣兵组成的军队冲锋，直接朝向我，
啊，先生们，你们怎能将我
和纳尔逊上将①相比，
不，影子在怒号，耳语声
隆隆作响好像大教堂的钟，表象
狂吠，是的，我承认有时
我错了，我怎么知道
我是舒伯特？我在成就的
状态中，寻找着道路，颜色，
你不可能知道我；仅仅是一个回声。
是的，我身处困境，那里
苦难转换成歌曲，
是的，长青的森林和单相思的爱，
漠不关心的快乐，我想
正确地说，表达的
喜悦，在生与死的

---

① 霍雷肖·纳尔逊（1758—1805），是英国风帆时代最著名的海军上将。

中途,就是中途,是的,即便这里
舞蹈的人们的欢呼到达我们,
但它们会板结在记忆的凝胶里。
不要回头看,不要采取错误的方向,
你当然不能将生命转换成
一首浪漫曲①,它只是一只非常非常小的诺亚方舟,
你们知道,先生们,那不代表人而只是
物种,不代表花朵而是标本,
不是芬芳而只是说明书。当我们迷狂于
牧草地的豪华,
迷狂于种子与风,蒲公英与秋牡丹,
众多的声音与色彩,
激情满怀而无语,顺从于气喘吁吁的
信使的要求,在欢呼中,
在罪愆中,在祈祷里,早晨
和夜晚,在厌倦和大笑中,
那永恒的舞蹈经久不息,五月,六月,

---

① 浪漫曲,指 19 世纪德国的浪漫谣曲。

那么多事情正在发生,恐惧和游戏,
被割的手指,张大的嘴,
真实的亲吻与仅仅发生在白日梦里的
吻,辫子,麦穗,
你们匆匆的眼色,游廊,沉默
与虚无,秋天的深红,是的,我记得
一切,长长的连成一线的云雀,
罂粟,榛树林,城市温暖的砖墙,
消失在黄昏的声音,和夜晚——
一只孩子们隐藏珍宝的
箱子,睡眠与守夜,金星
因寒冷颤抖在苍白的天空。
是的,现在甚至更好,只有两片嘴唇
在歌唱里对它们自己述说,
一架附近的钢琴身披闪亮的夜礼服。
是的,现在我累了,但是不,这不是
抱怨。

自动梯

一动不动,他们站立于移动的自动梯,
我的不相识的邻居们的塑像。
多么缓慢,他们上升,无需用力
无需精疲力竭。在他们下面,一座城市
此刻还未被征服,
这些天,没有人被围。
命运,愉快、有条件地投降了,
甚至,胜利者并不比前任更糟。

太阳一如往常沉落,
地平线刷上了玫瑰红。
街道敞开,仿佛空酒瓶,
唱着同样的、无人指定的歌曲。
城市为什么要被征服,
为什么要投掷石块,践踏神殿,
当蔑视、耳语和嘲笑足够的时候
那自动阶梯会像松林一样升起。

圣巴塞罗梅夫①之夜会持续十五分钟，
没有流血——只有勇气慢慢侵蚀。
我注视着向上移动的人群，
那么多的脸，那么多的面颊，
希望，专注，双手环抱，
在双眼的虹膜
光在阴影划出了十字。

如此多的面孔，如此多的手掌，
而只有一种想象。
我们之中正在返回的那些人已经知道：
在我们上方没有什么等待着我们。
鸽子为面包屑而战，
燕子以迅捷的象形文字
给长官写信，
而长官像风一样大笑。

---

① 圣巴塞罗梅夫，12世纪基督教使徒。

会有一个未来

会有雨,会有盛宴,会有
篝火,栗子壳会噼啪裂开,
会有叫喊,有人会藏在灌木丛里,
有人会被小蛤蜊绊倒,
瓦斯和丁香花气味发散空中。
会有大笑,会有哭声,祷告,一本正经
和悄无声息的谎言,会有一个未来,
只有你会留在这里,在这火车站的
二等候车室里,在奥地利皇帝的肖像画
下面,与雪茄的烟一起变黑。

无止境

在死亡之域我们也将生活，
只不过以不同的方式，微妙地、柔和地，
融化在音乐里；
一个接一个被叫到回廊上，
孤独但还在一群之中，
好像来自同一班级的同学
排列到乌拉尔山之外
并到达地质第四纪。免除了
没完没了政治的话题，
坦率而公正，终于自在，即便
百叶窗被砰的一声关上
而冰雹以土耳其式的进军
像往常一样，猛冲，呱嗒呱嗒
打在窗沿。表象的世界不会立刻
淡去，很长时间它还会继续
咕哝与卷边就像一张湿纸
被投到火里。对完美的探求
将不期然地完成，它将越过
所有的障碍一如德国人

懂得如何越过马其诺防线。微不足道的
事物，被遗忘的，用最薄的纸做的
风筝，往年秋天易碎的叶子，
将重获它们不朽的尊严，而那些
庞大与取胜的体制，将衰萎如巨人的性。
不再有渴望。它将超越
自身，而惊异于追逐了
它寒冷的影子这么久。而我们将不在人世，
却还没有学会
如何在这样一个高处生活。

在百科全书里，没有曼德尔斯塔姆的位置

在种种百科全书里再一次没有曼德尔斯塔姆的
位置再一次他
无家可归找一处公寓仍然那么难
在莫斯科登记几乎不可能
高加索山仍然在呼唤他亚洲的低地森林
这些日子咆哮着他怎么还没有到呢
另有某人在黑海的沙滩上捡着鹅卵石
这类狡黠的调查仍在继续尽管制服
是新的样式它木脑袋的裁缝
弯腰头差不多已垂到地面
你合上书本听起来就像一声枪响
纸上飞出的白色尘埃刺痒你的鼻孔一个拉丁风情的
晚会将在这里进行下雪了今夜不会有人来了
这是睡觉的时间但是如果他敲你薄薄的门
请让他进来吧

一代人

为纪念赫尔穆特·卡伊扎尔①而作

我们缓缓走下靠近柏林
奥林匹克体育馆的混凝土
路面,在那里黑人明星
杰西·欧文斯②在那史前时期
曾经光芒四射,德意志的空气
为之尖叫。我想大笑,
我不相信你会在他那样迅疾地
跑过的地方那般缓慢地行走,
走在同一向度,但朝着
另一端,仿佛埃及浮雕上的
人物。而我们仍然那样走着,
被友谊的丝线
联在一起。

---

① 赫尔穆特·卡伊扎尔(1941—1982),波兰导演、戏剧家。
② 杰西·欧文斯(1913—1980),美国黑人田径明星,现代奥运史上最伟大的运动员。在1936年柏林奥运会上,他一举夺得4枚金牌打破3项世界纪录,为美国带来了极大的荣誉,也使希特勒颜面无光。

两种死亡盘旋在我们周围，
一个让我们这一群全部睡着，
带走我们，所有的人。
然后它做长长的演说只为证实
判决。另一个野蛮，不识字，
逐个捉住我们，迷失的，
我们这些动物，身体，痛苦，
不小心者和未受教育者。
我们崇拜它们二者，以两种
被分裂的宗教。当我快忘记时，
那道疤痕
就分开我们：我们有两种死亡
却只有一种生命。
当你听见我的低语时不要
向后看。在巨大的希腊人群里，
在埃及人，和犹太人中，在那极富智慧
而已化作骨灰的世代里，你笔直地
往前走，就如那时，不急不忙，
独自一人。

围墙并不坚固,窗户在夜里
敞开,朝雨,朝被距离减弱的
星辰之歌。但是
每一刻都永远持续,成为
一个点,一处避风港,一只情感的信封。
每一个思想都是一枚光亮的硬币,
滚动,在它羞涩、秘密的
存在里,成为一支歌,一幅画。所有的欢乐,
甚至那不存在的,都留下透明的痕迹。霜
吻着窗玻璃因为它不能进入屋里。
一个新的国家就是这样站起来的,
被我们建造仿佛纯属偶然,
为未来建设,流传,在隧道里,
最初的国家的明亮的影子,一个未完成的
房子。

三种声音

黄昏之云汇集在房间里。
夜的影子在生长,被驯服的欲望。
收音机里,马勒的《大地之歌》。
窗外,黑鸟吹着口哨,怡然又响亮。
我能听见我的血液
轻柔的沙沙声(仿佛雪从群山滑落)。
这三种声音,这三种异己的声音,
正向我讲话但它们并不
要求任何东西,它们不作许诺。
在背景里,在草地
某处,夜的随从,
充满空洞的低语,组织
再组织,试着形成队形。

楼梯内的精灵

在无趣如照相机暗盒的
楼梯上,一个被信件、老鼠
和苍蝇占据的动物园,思想的蓝色
火花突然闪亮。在上方,
喧闹的派对在进行,
众人的节日。夜晚,
一个头戴宽边镶带软帽的
修女,沿圣约翰大街
跑过。未曾说出过,
羞涩的言辞,浮现,
"是的","不",一个藐视的表达,
一次逻辑的展览:最后,气喘吁吁,
如一个赛跑选手,胜利的
演说开始。伴随着
影子,幻象,不能兑现的梦,
与闪过天宇的巨大数字
"1"的第一次亲吻,
高中生的舞会,滑稽的曲调,
你是我的命数,当然,

发生的一切与命数
有着鲜明的相似性，相同的眼，相同的
鼻子，虽然意义完全
不同。游行沿着长街进行
到达一面更新的旗帜下，
在公寓里丈夫们杀死
他们妻子们的青春，在楼梯上，
在半明半暗里，在半敞的
窗户，草稿，局部的
扶手，楼梯的平台之间，一个
不同的领域扩展。昏暗
只是缺少光，一个更暗的
影子，折皱的纸，更灰的
灰，黑色的白，死的
深红。昏暗鼓舞信件、老鼠
和苍蝇，你听到光的脚步
和微弱的回声，在窗台上
疲惫的嫩叶子在打盹，
悲痛和流言的女儿。看不见的，

楔入门槛下的，一只蜘蛛，
那个领域的半神，编织着
它胶质的网。苍蝇不
相信自己的存在，它们
只是大笑，偶尔落泪，或是
默默地祈祷。无人收集，
孤零零的，信件，慢慢
读着它们含糊的信息
仿佛在一本地质学教科书里，
未被贴上信封的邮票。
在一面墙上，靠近地下室，
用粉笔歪歪扭扭涂写的
一条标语：没有什么比他人的自我
更坏的东西，以及一个难以辨认的签名，
一个"C"，或是一个"Z"。
只需伸出你的手
一个后院就立刻开始，
此时空荡荡，像一只碟子等待着
草莓，斑鸠

警觉地睡着，它们将会被保留
在本地孩子们记忆的
禁猎地。物体互相低语，
老木头吱吱作响。
最老的老鼠中的一只
名叫伏尔泰，固执地
沉默寡言，鄙视浪漫主义时期，
甚至在死后也避免说到
死。谁在夜晚赞美夜
将活不到黎明。黑暗的
诱惑，甜蜜如牛奶
巧克力，却并无意义，而
头戴假发、上了年纪的老鼠做了个鬼脸。
在上方，晚会和谈笑声
继续着，片刻之后某个被欢乐的
光环包围的人将离开同伴，重重地
摔到人行道上，将道一个
法国式的别，如氧气流走，远航
在记忆里搜寻

像被缝进亚麻布里的
线头似的,未曾说出的言辞,将跌倒
在草里,在芦苇丛,在沙里
在泥里。但在这个灰色,局促的
楼梯世界,在片刻可怕的
空洞之后,爱的呻吟又将响起,
还有激烈的争吵,以及反讽的叹息。

在他人创造的美中

唯有在他人创造的美中
存在安慰,在他人的
音乐,他人的诗里。
唯有他人能拯救我们,
尽管孤独品尝起来像
鸦片。他人不是地狱,
如果你一早看见他们,
额头光洁,为梦洗净。
我因之犹豫该用哪个词,
"他"还是"你"。每一个"他"
都暴露出某个"你",但
作为回报,某个他人的诗
提供冷静对话的忠实性。

飞越美国上空

飞机穿过暴风雨，一个移动的
避雷针。一把伞。转换途中的
一个等候室。昨天
某个美国教授论及
鲁热维奇（要被屠杀
他却幸存了下来）。闪电割裂天空
像敏锐的剃刀（无人如此想）。
他幸存，我们幸存。
生活是如此
胶着和懒散，而死亡却并非为虚无
所准备，仿若有着巨大的影子，
他几小时地坐在伦勃朗的画室，
一个黑衣守望者，一个幽灵般的过路人。
机舱服务员微笑如
自由神像（更像
礼貌神像）。
在沉沉的
云团之间，飞机穿过墨水，织锦，
搜寻着抵达机场的航线。

幸存意味着置身暴风雨，
置身一艘颠簸于带电的思想之海的
船上，置身肉体的石蜡
以它最初和最后的形式。再一次，
轻轻地，我沉默、不忠地自我飞行
在扶梯之上。迈向初始的道路
没有终点。我的前额
不会接触到那最后之门凉凉的
铜手柄，只要鸟儿的"阿门"
没有最终响起。

复活节前的星期日

基督在破晓时被钉上十字架,
一周前,胡子拉碴,
染污的衣服,消瘦的脸上
一副茫然的愁容,
被一群半扣半敞制服的
士兵包围,
被仓促钉到木头上。
连续七天的兴奋被叫停,
阴郁的星期三和星期五的仇恨。
他们中断了撤退
与青春期男子的
神秘的上升,我们已失去七天
禁欲的机会,没有了时间
忏悔,新的盛宴摆起来了,
充满未知的火的胜利。

读书

读书，啊，我们总是忘记
是谁写作、在每一页
每一句存在多少争斗。
仿佛舞台上，黑黢黢移动的树林，
在笔下生长，一支飞行中
被攫取的箭，一只窃自不真实的
鸟身体上的羽毛。只是现在
它们安静地立在书架，毫不在意，
没有回忆，仿佛那些坐在大街
长椅上晒太阳的老人。
读书，我们总是忘记
恐惧是一匹狼，当夜幕降临
他总是害怕自己，他并不知道
某处是否存在一面镜子，一处泉眼，
能够熄灭他倾斜的双眼里
那摇曳的黄色光焰。我们读书
为了释然地，知道，
柏拉图的野兽是如何危险，那昏昏欲睡的
老虎，只是在白天出来吃人。

关于波兰的诗

我读外国诗人写的
关于波兰的诗。德国人和俄国人
不仅仅有枪,也有
墨水,钢笔,一些心肠,和大量的
想象力。他们诗里的波兰
令我想起一只胆大包天的独角兽,
以挂毯的羊毛为生,它
美丽、虚弱、鲁莽。我不知道
这幻觉的机制建立在何物之上,
连我,一名冷静的读者
也要着迷于这童话里毫无抵抗力的国土,
这土地喂养出黑鹰,饥饿的
皇帝,德意志第三帝国和第三罗马帝国。

未知之城

哦未知之城,清凉的摇篮
雪落在一幅地图上

居所的绿色屋顶
发出笑声的窗台

未知之城远远隐藏在
我不知道多少温和的山中

曾经普通的一切不再是可能的
不同的风转动着镀锡风信旗

在帝国的森林里在皇家的配膳室里
野樱桃那么甜那么黑等待
有人将它们喂养利维坦

而命运将盛满的血交到我们手中
伯利恒之星削着一柄小刀

审判

一个检察官(秃顶,压低声音讲话,
口吃),三名法官(右边
那位玩着属于坐在
中间那位的
眼镜),三个胡子拉碴的被告
(和观众交换着微笑),
三名辩护律师(白头,备忘录,
绿色细条纹镶边的长袍礼服),
三个谎言,两个似是而非的真理,一个
正义(无随员,没有理由),
窗外一只白嘴鸦擦着它永远的外衣。
女书记员打着呵欠。法官,坐在
左边那位,数着灰尘覆盖的墙上
并不存在的树。厌倦
与自己压着韵,仿佛它是
一个肉体的人。公诉人叱责着
被告的记忆力,这是什么意思
不顾遗忘,它的存在
法庭已经忘记。有人哭泣另有一些闷死

现实，苍白如冬天的幼苗
土豆，又在发芽。
法官，一个具有造物主品质的裁缝，
仍在公开和秘密地沉思
多少年他将夺去自己和那三个的生命，
共同的、神圣的、美好的、防火的生命。

我的大师

我的大师并非完美无缺。
他们不是歌德,
仅在远处的火山呻吟时
才有无眠的夜晚,也不是贺拉斯,
以神和祭坛男童的语言
写作。我的大师
征询我的意见。从一堆羊毛织物
外套,迅速滑落
覆盖了他们的梦,在黎明,当
凉风向那些展鸟提问,
我的大师悄声耳语。
我能听到他们的只言片语。

悲哀，疲惫

悲哀，疲惫，孤独，不算过分，
你站在窗户边，靠近那幅画布
纳入了街道，世界，或城市，
阿诺菲尼太太与丈夫断绝了关系。
伯格森的昆虫摆动，摆动
陷于蜘蛛网。在我们之间，
海洋流动。在我们之间，龙卷风
睡眠。在我们之间，战争微眠。
他人的疏远依然不变。在我们之间，
将军们点数着箭筒里的箭镞。
在我们之间，渴望的火焰。悲哀，
疲惫，不算过分，还有孤独，忍耐吧，
请敞开白色的窗扇。

你的电话

你的电话插了进来
正当我写着一封给你的信。
请别打扰我
当我正和你说话。我们两个的
缺席交叉着,
其中一个的爱将它自己撕开
如绷带。

这

这沉沉不动
并重重朝下
像疼一样疼
像脸上的耳光一样发烧的
是一块石头
或一只锚。

克拉科夫眺望

在我眼前,克拉科夫在灰暗的河谷里。
在空气长长的辫带上燕子
背负着它。身披黑色斗篷的白嘴鸦
照看它。饥饿的蜜蜂
在樱桃树丛嗡嗡作响。
汽车顶上的猫在守望。
曾经的,现在的一切被小心地分开。
国王们在大理石陵墓里,陵墓
在教堂地下室里,神在祈祷里,手指
在指环里。
在我眼前,圣凯瑟琳教堂
从未完成(如一幅大致的
草图)。哥特式拱顶缓缓
升起,已经忘记什么言辞
会唤醒主的困倦修道士的
肩胛骨。在我眼前一片低凹的河谷。
一个孤单的老妇在这里
生活过而不久前已老死
或死于寂寞。谁会记得

她烤过的面团，她
愤怒的眼？如今她属于
哪个国家？谁资助她的救济院？
（一本破碎不堪的护照，双眼：黄铜似的。）
黑色白杨树立在她身边
而一只身陷树叶的夜莺一如往常，
彩排着，它珍贵的预言。
在傍晚蝙蝠不定的飞行
缔造着脆弱的盟约。
在我眼前克拉科夫，一座灰暗的河谷。
一个少女，因为听课要迟到，奔跑
穿过树林密集的隧道。
牡丹花在她的头发里生长，
时间的温柔在她的头发里织巢。
她奔跑着，但她并未移动，
她一直在同一个地点，
在栗树下，栗树投下古老的绿意
重又披上新叶。
在我眼前，隐约闪烁的草，打开的

铅笔刀，童子军似的椋鸟，地平线，
另外的城市，边界，阳台，思想，
双重意义。薄雾升起
又落下。教堂庞大的身影
缓缓摇晃如被缚的
气球，教堂的钟，骄傲，青铜的
心，发出蛛网似的声音。
孩子们跑过石板，
滚着铁环，太阳就在他们前方，
因渴望清凉，藏到梧桐的
阴影里。烟囱发射出细细的烟痕，
仿佛秘密会议一直在进行，
更像那些公寓建筑渴望
加入存在的游戏
而我听到那歌曲，更响亮，
在庭院饿狼般的喉咙里生长，
被遗忘者之歌，受屈者之歌，
沉默者，缺席者，死者，
那些平静地度过了一生的

人的声音，我听，我听到升起的音乐，
喧哗声，咆哮声，祈祷，摇篮曲，
淹没的船舶之歌，幸存者的哭喊。
在清晨黄鹂寻求着水，在夜里
猫头鹰和被遗弃的情人
消损在本地戏院里，
一支狂乱的歌曲颤动在众人的喉咙里
而囚犯和秘密警察点头致意如同这永恒的
借自一座巨大图书馆的世界所为。

时刻

澄明的时刻是那么短暂。
更多的是黑暗。海洋
多于陆地。影子
多于形式。

选自《画布》（1991）

摇篮曲

别睡,今夜别睡,窗口闪亮。
城市上空,焰火升空爆炸。
别睡:太多已流逝,
一排排书籍在你上方守夜。
你念念不忘于发生
和没有发生的一切。别睡,今夜别睡。
你红肿的眼睑会反叛,
你炽热的眼睛会剧痛,
你的心和记忆一起膨胀。
别睡。百科全书将打开
而诗人们,衣着讲究,
为冬天包裹,将一个一个踱出屋外。
记忆将打开,一声突然的嘶嘶声,
如一只降落伞发出。记忆将打开,
你不想睡,
缓缓摇晃在云层里,
焰火的闪耀里一个简单的目标。
别睡:太多已流逝,
太多已显现。

你知道每滴血
都会创造它自己鲜红的《伊里亚特》,
每个黎明的作者
都有一部黑暗的日记。别睡,
在屋顶厚厚的毯子下,阁楼
和烟囱撒出一把把灰烬。
苍白的夜无声地划向天空,
它们的桨、丝质长袜微妙地沙沙响。
你将到公园去,那里的树枝
会亲切地撞在你肩上,证实
你的忠实。别睡。
你将快速穿过无人居住的公园,
一个阴影面向着更多的阴影。
你会想起某个不在人世的人
和另一个至少活着的人,
在其生命的边缘,生命
化为了爱。光,更多的光
聚集在房间里。别睡,今夜别睡。

雨的轶事

我漫步树阴的篷帐下
而雨点偶然触及我
仿佛在问:
你的欲望是受苦,
啜泣?

柔和的空气,
湿润的叶子;
——香味是春天,香味是悲伤。

火山岩

那又如何假如赫拉克利特①与巴门尼德②
都正确,
两个世界并排存在,
一个宁静,一个荒唐;一支箭
草率射出,另一支,宽容,
在一边旁观;完全相同的波浪起伏和静止。
所有动物同时来到这个世界
和离去,白桦树在风中舞蹈
当它们在残酷、锈色的火焰中分崩离析。
火山岩衰减和保存,心拍打
和被击;存在过战争,然后战争不存在了,
犹太人死去,犹太人仍然活着,城市被夷平,
城市经受住考验,爱情减退,亲吻永存,
鹰隼的翅膀一定是褐色,

---

① 赫拉克利特(约公元前530—前470),古希腊哲学家。赫拉克利特写过一部总称为《论自然》的书,但保存下来的只是130多个残篇,富有深奥的辩证法思想。

② 巴门尼德(约公元前515—前5世纪中叶以后),诞生在爱利亚(南部意大利沿岸的希腊城市)的古希腊哲学家,前苏格拉底哲学家中最有代表性的人物之一。他认为没有事物会改变;我们的感官认知是不可靠的。

你依然和我在一起虽然我们不在人世，
船沉没，沙歌唱，云漫游
仿佛撕成碎条的婚礼面纱。
都失去了。那么多的奇光异彩。群山
带着它们的绿色小旗缓缓下降。
苔藓一点一点爬上教堂石塔，
小嘴怯生生地赞美着北方。
黄昏，原始的茉莉精油灯盏燃烧，
被它自己的寒光缠绕。
在博物馆一幅黑色画布前，
眼睛细如一只猫的。一切都已完成。
骑手跃回马背，一个暴君签下
一道有语法错误的死刑判决。
青春在白日
融化；少女的脸冻成
大奖章，绝望变成狂喜
而星辰坚硬的果实在天空
像葡萄一样成熟，而美持久，被唤醒，镇静自若，
而上帝存在，上帝死去；夜在傍晚回到
我们身边，黎明白发苍苍披挂着露珠。

R 说

文学耗子——R 说——我们就是。
我们相遇在看打折电影的人流里;
黄昏,当织锦般的夕阳沉入绿色池塘,
我们离开图书馆,被卡夫卡养肥。
文明的耗子,一身疲惫,或一身制服
一个被识字的暴君检阅的军队的制服;
一个由将要掌权的诗人担当的秘密警察
在城市的边缘。领津贴的、被信任的
获得资助申请的、发表卑鄙言论的耗子;
一群皮毛光滑、胡须谨慎的耗子。
大城市,燃烧的沥青,慈善的贵妇
都清楚我们,沙漠、海洋、丛林倒不认识我们。
一个无神论时代的班尼迪克①,绝望的传教士,
我们也许是进化的一环——
它的意义和说辞无人背叛。
我们得到一些小小的、无价值的金币,

---

① 班尼迪克原指西多教团僧侣1098年在法国由本笃会革新者创立的教团的成员。

与极乐的时刻作为补偿,当隐喻的火焰
焊接起两个沉沉的物体,当鹰隼降落,
或者,当税务稽查员画出十字记号的时候。

无形的统治者

谁拥有这地球,你
问,感到惊讶。白天它被
方形头盖的人征服:
警察。夜晚
我们索回我们的家园。
谁拥有这悬铃木的叶子,
谁上紧时钟的发条?
如此多的谬误,一个无形的
统治者支配着一个有形的现实;
如此多的调停人,狐狸似的脸,
狡猾的笑,惯于欺骗的死。

与弗里德利希·尼采谈话

最受人尊敬的尼采教授,
有时我仿佛看到你
黄昏在疗养院的露台
雾霭下沉,歌曲冲出
鸟儿的喉咙。

并不魁梧,头部像弹丸,
你创作了一部新书
因而一种新奇的力量围绕在你周围。
你的思想游行
如庞大的军队。

现在你知道安妮·弗兰克①死了,
还有她的同学和朋友,男孩,女孩,
她的朋友的朋友,表兄妹,
表兄妹的朋友。

---

① 安妮·弗兰克(1929—1945),《安妮日记》的作者,她是一名犹太少女,为避纳粹捕杀于1942年和家人躲进父亲公司的"密室"中,她在这个鸟笼一般的狭小空间里生活了两年,后来被人告密而惨遭杀害。

词语是什么，我想问你，什么
是明晰，为什么词语燃烧
一个世纪之后，地球却
如此沉重？

显然没有什么连接着启蒙
和残酷的黑暗痛苦。
至少存在两个王国，
如果不说更多。

但是，如果上帝不存在，没有什么力量
焊接起彼此拒斥的元素，
那么，词语到底是什么，它们
内在的光又来自哪里？

欢乐又来自哪里，虚无
去到哪里？宽恕何在？
为什么黎明偶然的梦都消失
而伟大的梦依然在生长？

帆

有过那样的傍晚，鲜红如腓尼基人的帆，
吸收了光和空气；我突然气喘
吁吁，被催眠的太阳倾斜的光线
刺得睁不开眼。时代就是这样终结的，我想，
超重的船只这样沉没，旧戏院的
眼睑这样低垂，剩下的是尘埃，烟雾，
脚下锋利的石头，和看起来像欢乐的
恐惧，而终结，它是宁静。

但很快，天上就成了另外一次
彩排，一次狂乱的即兴创作：
临时演员回家，燕子在飘摇的
巢穴入眠，乡间的
月亮战战兢兢就位，
强盗抢劫大亨，一个修道士给母亲写信。

你是多么耐心为我们准备、让我们适应，
你在我们身上挥霍了多少时间，
你是一个多好的历史教师啊，地球！

在拂晓

从拂晓列车的窗口,
我看见城市睡了,
毫无抵抗地蜷缩在脊背上
如巨大的野兽。
穿过广场,唯有我的思想
和一阵蜇人的风;
在塔顶亚麻旗偃息,
在树林里,在公园厚厚的草皮上,
鸟儿开始醒来,
走失的猫两眼闪烁。
清晨羞涩的光,永远的
处子秀,映射在商店的窗口。
旋转木马,终于拥有自己,在无形的
支点上旋转,如祈祷的轮子;
花园一片氤氲,仿佛华沙冒烟的废墟。
最早的运货车还不曾抵达
屠宰场褐色的墙。
黎明的城市不属于谁,
没有名字。

我，也没有名字，
拂晓，星辰黯淡，
火车加速。

世界的创立

早晨,蜷缩着睡在我们柔软的床上,
而历史,残酷,迟钝,层层黑圈
在它的眼底,薄荷叶在它疲倦的眼睑上,
早晨,鸟儿不耐烦地阔步
于窗台并唤起我们行动。藏在窗帘后激烈的
鸽子以一种莫扎特式的空洞音调
尖叫:它存在!它正在被创造,
在草地、森林和靠近池塘的地方,
干柳树的气味飘荡
而百灵鸟在一个水潭里沐浴。
上头,一只迅疾的雄鸡跑着,
像短跑选手身体前倾;黎明
涨红了脸,猫头鹰未说一声再见就离开,
黑色的义旗逐渐褪色。
再一次沉默降临,盛大的表演
延迟,再一次的睡眠,黑暗,太空,
虚无,存在的匮乏,它独特的
浅睡的快乐。现在,雨水口授着
冗长乏味的演讲词而打字机躲在

阁楼，慵懒地，啪嗒啪嗒敲出
潮湿的拼写单词，缓慢、犹豫，
像一个小国不自信的领导人。
但现在雨沉默了，花园重启赞歌。
它们从绿色的、盈满的内心深处歌唱，
乔木和树，叶子的核心。
一只黑鸟出现在空中，
完美，充满自豪，仿佛所有活的
生物都自豪于它们无数温暖的
美德。露珠撒落
在草上，每一颗
都是一个整体，如行星从里面封闭。
一条草蛇突然出现，然后一只小母鹿，
一只驯鹿，一棵楱树，一棵黑色的白杨。邪恶
满足于它
在那一刻使人痛苦的荨麻的尖刺。
越来越新的物种突然进化出来，
以及新的国家，战争，短波，
长波，斧头，留声机唱片。

电车响起它们巨大的校钟
为了休假。云朵仰泳着，
平静注视太阳。最后你醒来
（虽然上帝先创造男人，但女人更古老）。
将有风暴，意想不到的铅云笼罩下的黄昏，
阴沉的云；将有冰雹，结冰的泪，
安静的火车上长长的旅行，
但并非每次闪电都会死人，并非每次死亡
都意味着结束，并非每个失落的话语都意味着
沉默。

乔基奥·莫兰迪*

即便在夜里,物体也在值班,
即便在他入睡后,做着有关非洲的梦时;
一只瓷罐,两只浇水的壶,
空的绿酒瓶,一把小刀也在值班。
即便当他睡了,沉沉地睡了,像创造者才有的
那样睡着,极度疲惫,
物体也在大笑,革命近了。

大鼻子的浇水壶以其尖嘴
狂热煽动其余者;
血液狂乱地跳动在杯子里,
杯子从不知道嘴的干渴,
唯有眼睛,注视,视觉。

到了白天,它们变得谦卑,有时甚至也骄傲
世界整个粗糙的存在

---

* 乔基奥·莫兰迪(1890—1964),意大利画家。莫兰迪以教徒般的热忱投身于单一的绘画主题,他那明确的个性化的图式构成,实际上是一种意义深远的对视觉感知的探索和革命。

在它们里面找到了庇护之处，
有一会儿，放弃了盛开的樱桃，
垂死者悲伤的心。

圣约

平静圣约的一刻
在都灵的
埃及博物馆的。人和物,拥挤
在展示框,一个德国旅行团
吵闹的孩子们,戒备的妈妈们,
锻打于她们长久的沉思之火,
双唇紧闭如临战的
将军;
金字塔的花岗岩,保护灵魂
免于死亡和诅咒的
小塑像,
知道它们被偷去
不再对谁有用;
三千年前的
指甲剪,
耐心如一个结巴的男孩的
我的心,爱着他们的生命和星期天的
意大利家庭。
在亲近中,羞涩,

不怀敌意，我们仿佛一个整体
一个意识到彼此的整体。
时间像一枚铜饰针
从法老女儿的头发滑落。
殷勤，友善
我们互相注视，一个世界的
老人和年轻人，沉默、不完美，
欲望和遗忘的工具，
痛苦和爱的装置。
即使一度能够结束渴望的擦亮的刀
也安静地摆放在架子上，也许忘记了
战栗，骗局，羞耻，夜里
投入某个怀里的情形。
窗外，在赭色墙壁的房子上，
太阳迅速书写着一月的
喜庆布告。

存在

我出生的城市布满野生的樱桃树
和籽粒坚硬的向日葵(平常的智慧
在自西向东的
途中)。生出铜绿的灯罩
漫不经心地守夜。

唯有存在的缺席完美吗?
毕竟,被感染了生存的
原罪,存在也是,过分的,野蛮的,
东方的,壮丽的,而美,仿佛一把水果刀,
切下它富足的部分。
生命通过世代而累积
如在一座水池里;它并不泯灭
每一刻,而是化为
虚幻和干燥。我想起
意识恍惚的祈祷,一个男孩
在做第一次忏悔时皲裂的双唇,
木制台阶在他的膝下
嘎嘎作响。

在夜里，秋天为收获
到来，金黄、成熟。
我知道，存在不止一个
而是至少四个现实，
互相交错如福音书。
我知道我是孤独的，但牢固地、
痛苦地、欢喜地与你相连。
我知道唯有神秘是永生的。

俄国进入波兰

给约瑟夫·布罗茨基

穿过草地和树篱，村庄和森林，
骑兵前进，步兵前进，
马匹和大炮，老兵，年轻士兵，孩子，
强壮的狼狗全速飞跑，一阵羽毛的暴风雪，
雪橇，囚车，四轮马车，出租车，
甚至莫斯科牌老轿车①轰鸣而至，
战舰和木筏和浮桥咆哮而至，
驳船，汽轮，独木舟（一些沉没），
拦河气囊，导弹，轰炸机，
榴弹炮壳呼啸着仿佛某部歌剧的咏叹调，
鞭笞者的尖叫和下命令的咆哮，
钢铁的音符割伤空气的歌曲，
蒙古包和帐篷分隔的临时营房，绷紧的粗绳，
染色的亚麻旗抖动在头顶。
信使，上气不接下气，因疾跑累得要死，

---

① 指莫斯科生产的一种轿车。

电报飞出,蜡烛燃烧发出深红的光焰,
上校坐在比光跑得还快的马车上打盹,
牧师①虔敬地轻声祷告,
甚至月亮也尾随这强悍,钢铁的进军。
坦克,马刀,绳索,
喀秋莎火箭筒飕飕飞行仿佛彗星,
笛子和军鼓使空气爆炸,
棍棒嘎吱作响,渡船和入侵舰上
突出的甲板不堪重负地叹息、摇晃,大草原②的儿
　　子们
在前进,穆斯林,判刑的囚犯,拜伦的
情人们,赌徒,以苏沃洛夫③为首的
整个亚洲的后裔们
蹒跚而来带着一车皮手舞足蹈的乞怜的朝臣;

---

①　此处指随军的教区牧师。
②　此处特指西伯利亚的大草原。
③　亚历山大·瓦西里耶维奇·苏沃洛夫(1729—1800),俄国大元帅,神圣罗马帝国伯爵、雷姆尼克伯爵、意大利亲王。俄国史上的常胜将军之一,著有军事学名著《制胜的科学》。1942年,苏联以其名字设立了苏沃洛夫勋章,以表彰军事指挥员。

浑黄的伏尔加河流淌而来，西伯利亚的河流唱着
　　赞歌，
骆驼队忧郁而缓慢地行走，带来了
沙漠的沙子和潮湿的蜃景，
眯缝眼的柯尔克孜人步伐一致地在前进，
乌拉尔山神祇的黑色瞳孔，
在它们后面教师和语言零零落落，
在它们后面古老的庄园建筑滑翔机般滑行而至，
德国医生带着他们的敷药和熟石膏，
伤者带着他们的雪花石膏脸，
军团和师部，骑兵，步兵，在前进，
俄国进入波兰，
撕开了蜘蛛网，树叶，丝带
国界和纽带，
毁掉了
条约，桥梁，同盟，
线头，领带，仍然飘着湿漉漉洗涤物的晒衣绳，
门，主干线，绷带和联合，
未来和希望；

俄国来了,进入
皮利卡①的一个村落,
进入幽深的马佐夫舍②森林,
扯去招贴和议会,
蹂躏道路,人行桥,小路,溪流。
俄国进入十八世纪,
进入十月,十二月,笑声和泪水,
进入良知,进入学生的
沉思,暖色砖墙宁静的沉默,
进入草地、药草、森林里交叉小径的
芳香,
践踏
紫罗兰,野玫瑰,
苔藓上的蹄印,柔软地衣上的
拖拉机和油罐车的车痕,
掀翻

---

①② 波兰地名。

烟囱，树枝，宫殿，
关掉灯具，在整齐的公园生起
巨大的篝火，
污染干净的泉水，
夷平图书馆，教堂，市政大厅，
在天空布满鲜红的小旗，
俄国进入我的生命，
俄国进入我的思想，
俄国进入我的诗。

晚宴

傍晚,城市的边缘,一整天的
空虚后,立刻是
全部的晚宴:闪耀的欢乐之舌
所讲的黄昏的梵语。
高高的头顶烟蒂流动
无人在吸。
发光的秘密的床单燃烧;
安详的天空说出的一切
不能被记忆甚至不能被描述。
那又怎样?如果法老的军队追踪你,
当永恒被织进
一周里的七天仿佛
一间小舱室裂缝里的苔藓。

安东·布鲁克纳*

给芮内塔·柯钦斯基

黎明,三叶草的香气从低处的草地升起。
巴洛克式教堂压进大地。
农民的板车辘辘行驶在雾中,鹅静静地悲悼。
多瑙河流过光滑的石头,
练习着演说术仿佛一个怯场的德摩斯梯尼①。
耗子比赛着跑过干草的隧道。
在幽暗的农家场院,灯盏摇曳,
吓人的影子掠过墙壁。
燕子试着发出人一样的声音。
马的鬃毛纠结,在牲口棚发黄的麦秸堆里。
呼吸的气息飘散着,
紫红的双手失去知觉。
这世界太物质化,平淡,稠密,

---

* 安东·布鲁克纳(1824—1896),奥地利作曲家、管风琴家、浪漫乐派代表人物之一。他的创作涉及交响曲、宗教音乐、管风琴音乐和室内乐等,以交响曲著称,共作有11部交响曲,以第4、7、8、9交响曲最为有名。

① 德摩斯梯尼(公元前384—前322),古雅典雄辩家、民主派政治家,早年从伊萨学习修辞,后教授辞学。积极从事政治活动,极力反对马其顿入侵希腊。后在雅典组织反马其顿运动,失败后自杀身亡。

它的变异式没有图样；
镜子疲劳，来来回回
反映着相同的事物。即便回声也结结巴巴。
在一间刷白的小屋门口，一个男孩站立，
朴实，有着过于粗大的脖子。
他是虔诚而善良的，虽然对姑娘们没有吸引力。
重重的长靴，背上一捆包裹。
一块奇怪的拱顶石槽里雨水从屋顶滴下。
水井辘轳发出刺耳的声音，椅子轻声低语。
划分地界的界线，在哪里？岗哨在哪里？
铅和氧元素相互起什么作用，
呆立的石墙与屏息飞扬的
音乐，它将自己从双簧管，
从大号、小号的负累解放，而又永远与它们
捆绑在一起，隐藏的鼓
得以与铜管乐器的叉刺竞跑
并漂浮在催眠的舞蹈节奏中，
而在那惊心动魄的竞赛，没有，不曾有，一次的
溃逃，

波光粼粼的多瑙河将会消失，还有林茨①的大教堂
以及它的两个大圆顶，甚至雄伟的维也纳，播种
在肥沃园子里
皇帝的金黄谷物，都将远远落到后面，
成为地图上无足轻重的一个小圆点。
安东·布鲁克纳动身离开家乡。

---

① 林茨，奥地利北部城市。

夜

因为你是已死去,
我相信我们会再次相遇。
你依然九岁,
一如我在山里
最后见到你那样。
一个八月的午后,
成熟,透明,
樱桃树的叶子并不活跃,
草地安静。
红醋栗,已经变黑,在舌上
破裂,它们的甜
留住关于春天、夏天、
和暴风雨的记忆,还有
早晨,一只云雀的飞翔。
跑在我们的前面,笑着,
你应能感到我们的温柔
跟在你后面轻如
一个睡眠者的呼吸。
你消失在树林,

冷杉的阴影中。夜晚临近,
还有寒冷,在冷杉绿色的阴影中。
我们站在最后一抹夕光里,
我们平静地呼唤:"你在哪里?"
我们曾那样彼此亲近,
在我们之间,只有懒洋洋
鸟儿的哨音,和纠结的树枝的拱顶。
夜缓缓爬过
它的走廊和隧道。
夜穿越了白天。

给生者的哀歌

快乐的时刻突然化作
一只黑色的风帽,开口
只为眼,口,舌,悲伤。更多的悲哀。
生者送走他们飞逝的
日子
它们像底片,曝光
却从不冲印。
生者活着,全然不在意,那样冷漠,
使死者都感到了羞愧。
他们凄然笑道:孩子们,
我们曾经和你们,完全一样。
在我们头顶,洋槐树曾盛开花朵
在洋槐林里,夜莺也曾歌唱。

勃艮第的草地

勃艮第的草地缓缓升到山上，
然后静静躺着，一动不动如衣架上的
衣服。绝望，我们一无所知，一无所知。
极少的记忆，将自己限制
在实际发生的事情上，无助
在罗马式建筑建造起来之前。
一只测量员似的渡鸦有条不紊地测量着田野。
桦树，无人指责的唯美主义者
升起树叶茂盛的帐篷。
云雀在云团之间疯狂地
赛跑，仿佛星期天拥挤的咖啡馆侍者。
我们一无所知。杂草比思想抽芽更快。
在离维孜莱不远的一座乡村教堂里，
没有一个人除了一名教士，不再年轻，
唱着弥撒曲，
那样彻底的孤独，以致在断裂的钟的眼睑后面
聚集了三百年的泪水
终于准备落下。
然后停住。不，还不会停止，
只要孤独者还在不停地歌唱。

电子哀歌

给罗伯特·哈斯①

再见,德产收音机,你的绿眼
和笨重盒子,
加在一起差不多构成了
一个身体和灵魂。(你发粉红光的
指示灯,仿佛柏格森②
深藏的自我。)
透过厚厚的覆盖扬声器的
纤维覆布(我的耳朵粘上你
仿佛忏悔室的格子窗),墨索里尼曾经低语,
希特勒叫喊,斯大林平静地阐释,
别茹特③发出嘘声,哥穆尔卡④没完没了地抢话,

---

① 罗伯特·哈斯(1941—),美国当代诗人。
② 柏格森(1859—1941),法国哲学家,著有《时间与自由意识》。
③ 博莱斯瓦夫·别茹特(1892—1956),二战后波兰共产党领导人,斯大林主义者。
④ 瓦迪斯瓦夫·哥穆尔卡(1905—1982),波兰政治家,1945年至1948年任波兰共产主义工人党(统一工人党前身)总书记,1956年至1970年出任波兰统一工人党第一书记。

但是，收音机，没有一个人会指控你叛国；
没有，你唯一的罪行是服从：绝对的，
对频率温柔的忠诚；
谁来都欢迎，谁走
都接受。
当然我知道
只有舒伯特的歌曲带来过真正的
欢乐宝石。至于肖邦的华尔兹
你电子的心曾精致而稳定地
悸动而扬声器的覆布会像旧小说里
多情少女的胸脯
那样颤动。
虽然，没有什么新闻，
特别是自由欧洲台或者BBC。
于是你的眼变得紧张，
绿色的瞳孔忽大忽小
好像颠茄硷剂量被改变。

疯狂的海鸥曾在你里面,还有麦克白①。
夜里,几乎无望的信号在你那里
找到避难所,水手发出求救声,
年轻的彗星大叫,几近疯狂。
你的老年如此被宣告:粗哑的声音,
接着是咯吱咯吱,咳嗽,最后是目盲
(你的眼渐渐暗淡),完全的哑默。
安静地睡去吧,德产收音机,
梦到舒伯特,别醒来
即使下一任"独裁者公鸡",打鸣。

---

① 莎士比亚悲剧《麦克白》主人公。

九月的午后在废弃的营房里

太阳,九月繁盛的太阳,
丰收季强烈的阳光和收割后残梗满目的田野,
静静立于我的上方
更上方是废弃的营房。
沉默
露宿在命令曾经
被高声下达的地方;
沉默,而不是
士兵;在医疗室里
沉默,而不是病人的
呻吟声。
杂草蔓生的院子
需要刈草。
沉默,忧郁的新兵
曾经啜泣的地方。
在我心里,也是沉默,
不再是绝望。
一只黑色的公鸡,一面热情、黑色的血之旗帜,沿一条小路跑过。
秋天渐渐消失,
战事模糊。

对手

没有什么是最后的,甚至
欺骗。对手们仰卧在
他们阴郁的梦之云里。
真实的火还没有
诞生,教父母
等待着,鲟鱼
溯流而上。回家,小小的世界大战
突然爆发,桌子
皱眉,窗楣
倾斜到街上。傍晚
悲哀如一个等候的犹太人,他的
火车还没有来,而火车站站长
不能肯定。这更有
意思,也许可以祈祷,
无论如何,不要急。
有时侵蚀也会膨胀
像为烤制星期天的面包准备的面团。
如果我只是这首诗的

一部分,为什么它仍然沉默?
上帝为什么赋予画眉鸟歌唱,
而闪电
要给它们的火焰戴上手套?

哥特式教堂

给艾德·科恩

在这清冷的大教堂我是谁?又是谁
如此含糊地向我讲话?
我是谁,置身于新的
大气压之下?谁的声音充满
这石头的空间?木匠们的声音,
木灰之余烬?消逝的
朝圣者们仍然不能
保持安静的声音?
我是谁,埋葬在尖尖的穹顶,
我的名字在哪里,
谁正试图攫取并将它远远掷开
仿佛风偷走一顶帽子?

借用动物寓言集的
动物身体的小小魔鬼们怔怔盯着
仿佛游泳者从跳水板上
望着他们身体下面

绿色大地上的海洋。
外省城市的
刑讯房里无精打采的
魔鬼们，有着小小的
尖硬之心的共产主义者。
哦，他们也是受造者，
就像树叶，蜥蜴，和荨麻：
他们也在枝头上抽芽，
倾斜而出，半是风，半是
石头，而雨水
冲刷他们的喉咙
如政治演说——进步，
政党，叛国：他们的低语流过
仿佛河流倾泻
穿过喉部的漏斗。

不要倾听这诡计多端的人工瀑布，
回到教堂的正殿里去，它花岗岩的
肋骨包围的心脏，那盘旋上升的，

懒洋洋与时间结合在一起的
哥特式拱顶尖尖的生命,忍受着
他们坦直的祈祷
仿佛草地上的自然神学。
去吧再一次寻找绝对高度,以及黑暗之物,
那里有渴望、痛苦和欢乐
对仁慈上帝的信念——
他实行与取消,点燃
并熄灭光与欲望,
他以岁月的羽毛笔
在最可爱的脸上
书写长长的回忆;
他诱导亚伯拉罕,望着罗马的
穹顶和奥斯威辛的营房,对着
暗哑的河流唱催眠曲,在闪电里
暗淡:回去吧,回到
凝思仿佛山间之湖
隐约闪现的地方,回到启明之金属
和祈祷冷却的地方。

迷失，绕着忽然大得像巴比伦广场的
大教堂转圈，
已是傍晚时分，天已黑，你听到外来的声音，
低语，召唤：燕子
打着呼哨，有人哭泣
那痛苦的声音比该隐的更古老。
远远离开，百叶窗为永远关闭而
关闭，淡黄的土落到
一块圆筒似的橡木板上。
有人放声大笑；你独自一人，
没有演讲者也没有向导，艰难行走在
森林里，罕见的巨大羊齿植物，
药草，鲜花——洁白的牵牛花——
吐着香气，有时死者会发现
一个善良的词，桦树叶会微微闪亮；
猫头鹰轻轻掠过葡萄枝
而树林敞开，正如此时这般，发出
一种声音。

我感到
在明亮的幽暗中你的出现,
一张撕碎的纸,愈合着,再一次
愈合着,没有痕迹,没有伤疤。我听到
语言,人声,那些爱过的人
和宁可选择恨的人、那些出卖
和被出卖者的叹息,他们全都
航行在迷宫里,在他们之上
火焰高高地升腾,致敬与存在的
纯洁之火。
我感到你,我倾听
你的沉默。

密码

看吧，你的生命也正在成为
一盏油灯里的油，在那表层上
祖国微弱的蓝色火焰摇曳着。
那土地，像消沉，会偷走
你的青春将它转化为密码，
带走你的狂喜给你悲伤；
那土地，那只停摆的时钟，
一只袖子上的黑箍，
那将灵魂储藏的土地
身体也不属于谁因为已提前
支付给了死亡，死亡过早地
到来，在黎明，带着类人猿的前额，
太早了，清晨的云，太早，
祈祷，亲吻，太早倒下去的
无助的孩子，代替兰花的是
九月山上的梣树，冷雾，
安慰的谎言，狂饮，强于地狱。

变暗的河流

变暗的河流流经公园。
远处,麻木的花园
被篱笆织成的粗辫子围在里面。
欧鸫鸟在那里唱着,奥斯威辛的
分支曾建立:
在
草下,来自俄国军医所的包扎物被掩埋,
草地因而
膨胀而肥沃。
滑翔机无辜地盘旋在空中,
在温和如欢乐之泪的雨中。

蛾子

飞蛾注视过我们,透过
窗户。置身桌旁,
我们为其柔和的对视牵连,它们的目光
比那令人不安的翅膀更暗。

你们将永远置身外面,
在窗玻璃外,而我们将在这里面,
越来越内在。飞蛾注视过我们,透过
窗户,在八月。

假期

夏天黑色的毛发。山毛榉叶紧绷
如一个孩子小提琴上的弦。
雨,迷失在乡村教堂
冗长的排水沟,啜泣着。
伦勃朗,年轻,仍然无畏,
从一张明信片上注视着。
大海猛烈地鞭打着礁石
以致有人嘀咕道:战争要来了。
昨天的太阳依然在砖里冷却着。
两个自行车运动员顶着僵直的斗篷
正要穿越大桥。
山雀绿色的闪电
闪耀在花园中。沥青卑微地冒着蒸汽
好像一个理发师将刮脸钵留在了上面。
你如释重负地叹息道:这只是
疲惫的朝圣者回到家里,
带着忘却、得意和沉默做成的加糖的
面包。

在美国一家旅馆看关于纳粹浩劫的电视

总有夜晚轻柔如驹毛
而我们宁可在这里下棋或玩牌，
当独眼电视漠然变换着图像
一些客人唱着《生日快乐》。
我童年的树越过了大洋
自屏幕上和我冷冷问候。
波兰农民在神学的争辩中
交上了耶稣会士的热情：唯有犹太人是沉默的，
疲于他们漫长的死。
我青春航行的河流小心翼翼地
流向远方，陌生的大陆。
干草车拖的不是干草，而是兽毛，
车轴在看似轻便的重压下吱吱作响。
我们是无辜的，松树们声称
党卫军军官憔悴而衰老，
医生们正努力挽救他们的心脏，生命，和意识。
天晚了，睡意占据了我。
我要睡了但我的邻居们
依然更高声地齐唱着《生日快乐》：

比那些将要死去的犹太人声音更高。
重型卡车自天穹运送星辰，
阴郁的火车在雨中驶过
我是无辜的，莫扎特懊悔道；
唯有白杨，像往常一样，颤抖着，
准备承认它们的罪过。
捷克犹太人唱着他们的国歌："哪里是我们的家……"
没有家，房子在燃烧，屋子里冷冷的煤气在啸叫
我感到越来越无辜，昏昏欲睡。
电视重又使我安心：它和我
都无可怀疑
生日更显嘈杂。
奥斯威辛的鞋子，金字塔般
高如天空，虚弱地呻吟：
天啊，我们比人类活得久，现在
让我们睡吧，睡吧
我们，无处可去。

篱笆。栗树

篱笆。栗树。旋花。上帝。
蜘蛛网,第一因
躲藏之地,以及厚厚的草:
两片叶子之间闪烁着存在的证据
有如烘干的底片。
辫子与风的气味
折叠在一个情人的嘴里。
酸酸的,那在舌下
被嚼碎的草茎。
黑刺莓不会成为
我们不和的苹果。
小溪边的银莲花,
一只圆球脱离了女孩之手,
成熟的,黄色山楂树
轻轻摆动。
关掉耀眼的太阳吧,
聆听罂粟籽的童话。
篱笆。栗树。旋花。上帝。

在午夜

我们长时间地谈话到夜里
在厨房;油灯柔和,
物体,受到其平静的鼓舞,
自黑暗中涌现出来提供
它们的名字:椅子,桌子,水壶。

半夜里你说,出来吧,
黑夜里我们看到了八月的天空
随它的星星爆炸。
永恒,不受约束,夜的苍白光辉
颤动在我们头上。

世界无声地燃尽,
白色的火彻底裹着它,村庄,
教堂,散发三叶草和薄荷味的
干草垛。树燃尽,以及幼苗,
风,火焰,水和空气。

为何夜晚如此沉默如果火山

大睁着它们的眼而从前
依然停留于现在,威胁着,埋伏在
它的巢穴犹如在落叶松或月亮里?
你的嘴唇清凉,黎明也将是,
一件织物盖在发热的额上。

给我自己,在一本相册里

暗灰的云急速地流动,
牡丹花瓣开放。
没有什么连着你和地,
没有什么连着你和天。

远处的花园在炎热里隐现,
一只猫在阳台上打着呵欠,
走过满眼菩提树的街道,
但你不知道它属于哪座城市。

你不记得是在哪个国家
轻快的欧鸫鸟闪现,
夜的脚步在轻柔地接近,
妙龄少女在玩捉迷藏的游戏。

你只是一个影像,一个梦,
你全部由渴望组成;
当你消散,云也会如此,
你将成为一个深褐色的记忆。

你将幽灵般萦绕乡村河流,
和树林的阴影,
但最后你将下沉,溺死
在大地,在大地,在大地。

秋天

秋天总是来得太早。
牡丹依然盛开,蜜蜂
依然在建造理想国,
秋日冷冷的刺刀
突然在原野闪亮,而风
开始怒号。

它的源头是什么?为何摧毁
梦想,热情,记忆?
外族人进入寂静的林子,
怒气高涨,暗中流行的瘟疫;
柴烟,鞑靼人
沙哑的嚎叫。

秋天撕去叶子,名字,
果实,覆盖边界和道路,
熄灭灯盏、细烛;年轻的
秋天,双唇发紫,拥抱
必死的生物,窃走

他们的存在。

树液流淌,牺牲的血,
酒,油,不羁的河流,
浑黄的河水和尸体一起膨胀,
诅咒流淌:泥,熔岩,雪崩,
奔涌。

无风的秋天,疾行,在她的
一瞥中蓝色刀锋发亮。
她割去名字就像以锋利的镰刀
割去草药,她的火焰
和呼吸冷酷无情。匿名信,恐怖,
红军。

钟

给 C. K. 威廉姆斯

我们将在钟里寻求庇护,在摇荡的钟里,
在隆隆钟声里,在空气里,在嗡嗡声的中心。
我们将在钟里寻求庇护我们将飘浮
在地球之上在它们沉重的外壳里。在地球之上,
在田野之上,朝向草地,为
年轻的梣树托举,朝向清晨雾霭笼罩下的
乡村教堂和羚羊群一样乱窜的森林;朝向河流
无声转动的磨房。在地球之上,在草地
和一朵白色的雏菊之上,在爱情刻上其并不完美的
记号的
长椅之上,在顺从于
冷风意志的垂柳之上,
在夜晚以拉丁词语交谈的
学校之上;在幽深的池塘之上,
在塔特拉山绿色的湖之上,在哭声
和哀悼之上,在闪耀于太阳下的
望远镜之上,在平静如海底的双耳罐

用时间和抽屉最底层的谎言
填满自己的日历之上。
在边界之上，在你凝视的目光之上，
在某人眼睛的瞳孔之上，在一门生锈的大炮之上，
在已经不存在的花园门之上，
在云层之上，在雨露之上，
在一只攀爬于它也不知道是谁的塑像的
蜗牛之上，在喘息的
特快列车之上，在一个去参加学校舞会之前正打着
领带的
男孩之上，
在静静躺着一把早就遗失的瑞士军刀的
城市公园之上。当夜晚来临，我们将在钟里
寻求庇护，那些轻快的四轮马车，
那些青铜色的气球。

夏天结束的时候

每日往返的列车快速驶过郊区的
空旷犹如一柄直取心脏的匕首。
某个独裁者或其他什么人
通过扬声器将声音传到我耳里
而一只松鼠从一条树枝跳到另一条树枝
远远地跑开。
夏日之末,香松球沉重,
一个身着褐色粗布修女袍的女尼
像一个已经坦然接受了一切的人那样微笑。
蜻蜓掠过小池塘油腻腻的光泽,
划艇轻轻滑进落日的余晖;
暑热,像一个海关官员,触摸
每一样外表的事物。
邮递员在一条长椅上打盹而信件
从袋子滑落像燕子;冰激凌融化在草地上,
鼹鼠堆积成冢向皮肤黝黑永远无名的英雄们
表达着敬意。幽黑的树
站立在我们上方,绿色的火在树与树之间。
九月逼近;战争,死亡。

大猩猩们

有一天猿攫取了他们的权力。
金指环,
笔挺的衬衣,
浓香的哈瓦那雪茄,
双脚套进特制的皮靴。
我们干着别的事情,
并不在意:有人在读亚里士多德,
有人全身心谈着恋爱。
统治者的讲话似乎更加激昂,
更加语无伦次,但仍在继续,我们
什么时候当真听过?来点音乐更好。
战争:当然更野蛮;监狱:
比从前更恶臭。
猿,看起来,已攫取他们的权力。

在陌生的城市

给兹比格涅夫·赫贝特

在陌生的城市,有一种意外的快乐,
新的问候带来的漠然的愉快。
公寓房泛黄的外表
太阳像一只灵敏的蜘蛛缓缓攀升
都不是我的。市政大厅,
港口,监狱和法院大楼
也非为我而建。
大海穿过城市,咸的潮汐
浸没门廊和地窖。
在市场上,堆成金字塔的苹果,
为一个下午的永恒高高耸起。
甚至痛苦也不真的属于我:
本地一个疯子用陌生的语言
抱怨着,在一间小咖啡馆
一个寂寞少女的痛苦
仿佛幽暗陈列馆的一块画布。
树林的大旗,虽然

飘动在适当的位置一如我们所知，
而且同一条牵狗绳被缝在
裹尸布的折边、梦和想象，
无家可归，而且疯狂。

十七岁

青年的法朗茨·舒伯特,
十七岁,创作乐曲
为浮士德的葛丽卿,一个同龄的少女悲叹。
*我的头被束缚,我的心情很沉重。*①
突然那闻名的天才巡逻员,死神,
开始全面奉承他,将他做了标记。
发请柬,一次又一次。
一次,又,一次。舒伯特请求
延期优惠,他可不想空手
而去。可拒绝多么无礼。
十四年后他在世界的
另一边举行他的首场音乐会。
为什么仁慈受死,为什么强者被蒙蔽?
*我的头被束缚,我的心情很沉重。*②

---

①② 原文为德语。

没有形式

是否只有这些,
一棵星辰在上面睡眠的树,
一座沙特尔①的空空的大教堂,
一个毫无耐心的向导,
等车的妇女,
而音乐冷如渴望?
是否只有这些,
政府雇佣部长
而部长雇佣警察
而一个小天使
上床吻着她们蜡制的嘴唇,
而持不同政见者在抗议
而抗议者在游行
和微笑的孩子们一起
而音乐冷如渴望
而暴力永不休眠?

---

① 沙特尔市,位于法国巴黎西南约 70 公里处。据传圣母玛利亚曾在此显灵,这里的大教堂保存了圣母的头颅骨,沙特尔因此成为西欧重要的朝圣地之一。

是否只有这些，
诗人的死亡面具和高山间
怪巨人的骷髅
论生物性高潮的书籍
以及看也不看我一眼的穿着体面的
黑人，济慈的哭泣，
和缺席者少如
拿破仑头发里砒霜的
痕迹，僵呆面庞上的
固定面具；关闭的梦想的
博物馆和不想睡觉的
暴力和莫扎特甚至隐藏在安魂曲里的
共济会成员的符号，
如此骗人的神，如此多未被说出，
还有女人们，不得不活在我们的时刻
和国家，曾经自由，
现在已像苹果一样削去，
以及天气，变化不定，以及我，我自己，审慎，
没有形式。

摩西

河流沙沙作响,岩燕振翅欲飞。
芦苇如沉默的伴娘在水池中。
如此多城市的嘴,如此多房子的眼。
看看人类,你在哪里?对无常的
渴望,畅饮时间
如从染上口红的酒杯饮酒。
再见,暖色的墙砖;百叶窗,再见。

一日将尽,火车头在盛开的
刺槐花似的烟缕下瞌睡,
蛇缓缓摇晃在狭窄的小径,
小小的太阳落入一只芦苇筏如摩西,
刺激猫头鹰发出一串阴沉的口令,
第一颗星在天空打着口哨,
荨麻贪婪的手指迅速地生长。
你在哪里,使人提升的凝视?
没有你一切都使人厌倦。

灯光

纪念康斯坦丁·杰伦斯基①

一小剂量的死亡占据了你身体,
而它也占据每个人的:
我没有意识到
它会这么快征服你。
你曾放声大笑,以一个永恒的
吞火者的勇气。
年轻时作为一名士兵,你打败了
第三帝国,靠在坦克里读书,
而你行进在圣日耳曼林阴大道
仿佛蒙哥马利,
背对那么巨大的落日
它完全不适于那一排排建筑。
我们仿佛一点不认识,
作为朋友。

---

① 康斯坦丁·杰伦斯基(1922—1987),波兰诗人、作家、艺术批评家。

现在一些街道成为伤疤,
必须绕行。
一个属于我们的南方夏天的灼热;森林着火。
在郊区的地铁站曾经,
只有我们两个,外国人,
消失在地下,
在冰冷的雨中,霓虹灯的微光
仿佛水粉画融化在潮湿里。
在维利埃尔大街①
你公寓的厨房里我们,
曾经望着一只白色的猫
从水龙头饮水。
不会再有"曾经"。
现在你生活在一个阴凉的地方。
蛾子应该学会了在黑暗里飞行吧,
因为它们总是那么快就找到光明。

---

① 维利埃尔大街,巴黎大街名。

夜间的风

夜里起风了,
年轻、性急的风,
冒着泡的酒,东方的王子。
他含混地讲话,以
活着与已死的语言的重音。
巴比伦的诅咒旋转在它里面,
拜占庭的钟发出轰鸣之声。
在它蛮横的吹刮下,树
驯服地弯曲,
窗板在我们脆弱的小屋摇晃。
我们听到那些声音,以一半的
注意力,而似懂不懂,
再转身去睡,去爱。

野生樱桃

野生樱桃萌生在纤细的
枝茎上,桃核包裹
在粉红的果肉里。这里,燕子可以数小时
向一个严峻的牧师的耳朵忏悔,
大声地泄露在黎明犯下的
不可原谅的罪。
这里,玫瑰,也半遮半掩地开放;
花瓣隐藏着迷失在大海者
和未得报偿者的信函,
无人向它们献诗;在它们的花心里
依偎着滴滴安静的露珠;
苦涩的杏仁。星期天早晨
一个母亲在熨洁白的衬衫。
国家完美,天气晴朗。
当你离开,门立刻
比废约声明还沉重。
焦渴难以平息。
在足球场后面,野生樱桃
萌生在纤细的枝茎上,白天
尖酸,睡去时甜蜜。

岛与塔

在梦见朋友们的梦中我访问过的
岛与塔分散在世界各地。
他们矗立在记忆的磷火里,耐心,
为帝国的界限规划,
枯干的乔木,带刺的山楂树,
木制台阶被拖地的脚步压弯,
在教室里,医院里如伤疤,水泥的公寓。

嘲讽地微笑着,你们笔直站立,
仿佛为一个外省的摄影师摆出的姿势,
确信我们知道得比胶卷能摄取的
更多,比镜头在它的癫狂中潦草记录的更多,
比在一个意象,意图,行为里
留给我们的更多。

脱颖而出自格林威治子午线,或克拉科夫的大教堂,
那里的整点时间由号角宣布,不受黑格尔体系限制,
你们以卢浮宫里那些画像上大睁的眼
看着我们:在街上,春雨的涓流

流过,闪电在窗玻璃上
闪现,诗的贮藏融化。

每次失败都是不同的:有什么安慰。
每项工作都有它自己的名称,
每场戏剧都在不同的地方展开,
有着不同的结局;沉默,泪水,惊悸,
欢乐,梦幻,成功,赞美诗;结束于一座教堂,
空空的列车,监狱,演讲厅,泥淖。

孤独的历史

鸟鸣渐弱。
月亮坐等拍照。
街道湿润的两侧闪着微光。
风吹来成熟的田野的芬芳。
高高头顶之上,一架小飞机海豚似的腾跃。

从事物的生命里

事物完美的皮肤紧贴其表
延伸一如马戏团的帐篷。
夜晚临近。
欢迎,黑暗。
再见,日光。
我们像眼睑,事物声称,
我们触摸眼睛、毛发、黑暗、
光、印度、欧洲。

突然我发觉自己在问:"事物,
你们知道受苦吗?
你们是否曾经饥饿、穷困潦倒?
你们哭泣吗?你们是否知道恐惧、
羞愧?你们是否知道羡慕、忌妒、
微小的罪?——不属大罪,
但也不能由赦免而消除。
你们爱过,然后死去,
在夜里,风打开窗,吸引过
冷静的心灵吗?你们尝到过

老年、时间、丧亲之痛吗?"

沉默。

墙上,晴雨表的针叶跳动。

残酷

给约瑟夫·恰普斯基

在圣克洛德公园,鸟儿歌唱。
独自在这正对巴黎的
巨大、自我陶醉的森林里
我沉思你的话:
世界是残酷的;贪婪,
肉食,残酷。

我绕圣克洛德公园转圈,从东到西,
从西到东,
我漫步穿越这了无生气的
栗树林,躬身向黛青、弯曲的雪松致意,
听到松果被麻雀和鸫鹩
啄开的声音。
在这座公园没有食肉兽,
除了时间,此刻正从

冬天转入春天，脱尽了衣服，
一个演员卸去化装，
在冷寂的后台。

残酷？我想。这里就是杀人者，
被警察和教士唆使——
甚至你也沉迷于它，
你绘画作品的
主角。但是存在选择吗？
一个更原始和更柔软的世界？
树林更优美，雪松
有着颜色更深的针叶，更为奢华的
晚宴，更多的直插认知核心的
沉思的时刻？
是否存在更为仁慈的时刻，更温和，更急切
交还我们所失去的一切，恢复
我们自身，更单纯、更年轻？

玫瑰色的天空；紧绷的、窄的云的丝带。

监狱、医院、法院的褐色的墙，
风声呜咽没有尽头的走廊，
被恐怖、焦虑、谎言
撕裂和危害的凝神的时刻。

我绕圣克洛德公园转圈，越来越快，越来越快，
冬天过去了，春天还未到来。
在这荒芜、失去了它的国王的公园里，
我不停地说，"残酷"，我唯一的见证者
蜥蜴和鸟。
其时，透过沉沉的雾霭，一轮白色的太阳沸腾了
我被一阵狂喜的锋芒刺穿。

西蒙娜·薇依注视着罗纳河谷

> 我在房子前发现她,坐在一棵树桩上,沉浸在对罗纳河谷①的沉思里……
> ——居斯塔夫·蒂蓬②

突然她不再理解,
只是注视:
罗纳河谷敞开在地球上,
古老的村子出现在它上面,
广大的潦草分布的葡萄园,干渴的井,
悬铃木缓缓觉醒,
雄鸡继续它们固执的行军,
鹰又升上天空,
此刻她几乎看到了云雀轻盈的呼吸,
黑色的防波堤抬高的土墩,

---

① 罗纳河源于瑞士圣哥达峰罗纳融化的冰川,欧洲主要河流之一,为法国五大河流之首。罗纳河谷为法国最早的葡萄酒产地。
② 居斯塔夫·蒂蓬(1903—2001),法国天主教作家。

农场的屋顶，胡桃树，
教堂的塔如烟丝卷起，
黑色的成熟的谷田，镰刀闪烁着光芒，
成筐的葡萄。
在落叶松的阴影里，死亡盘桓，
战争迫近。
宽阔的罗纳河如水银计，随驳船与小舟
渐渐向下游淡去。
宽恕的片刻，
至福的瞬间，
虚无的橄榄树。

果实

给切斯瓦夫·米沃什

生活是多么难以企及,它仅展露其特征
在记忆里,
在非存在里。多么难以企及
下午,成熟的,喧嚣的,树叶
带着树液炸开;膨胀的果实,走在街道
另一侧的妇女们绸衣的
簌簌声,离校的男生们的
叫喊。难以企及。最简单的
苹果不可思议的,浑圆。
树冠摇动在温暖的
气流里。难以企及的遥远的群山。
不可捉摸的彩虹。巨大的云的悬崖
缓缓流过天空。华丽的,
难以企及的下午。我的生命,
涡动着,难以企及,自由。

画布

我无声地站在一幅黑色的画布前
一幅画布本可以做成
外衣,衬衫,旗帜,
却以如此面目进入世界。

我无声地站在一幅黑色的画布前
内心充满快乐和逆反,并且想到
绘画和生活的艺术,
想起那么多空白、苦涩的岁月,

想起那些无助的时刻
以及我寒气逼人的想象力
——它是一只钟摆,
只有在晃动时具有生命。

打击它爱的,
爱它打击的,
而我突然想到这幅画布
也可以是一块裹尸布。

选自《神秘主义入门》(1997)

一首快诗

我听着格雷戈里圣咏①
在一辆高速行驶的小车里
在法国一条高速公路上。
树冲向后方。修道士的声音
唱着给一位看不见的神的赞美。
(在黎明,在一个小教堂里因寒冷颤抖着)。
主,求你俯听我的祈祷。②
男声平静地祈求
仿佛救赎生长在花园里。
我要去哪里?太阳藏在哪里?
我的生活支离破碎
躺在道路的两边,像一纸地图易脆。
与温和的修道士一起
我走向深蓝、
沉重、密集的云层,
走向未来,无情吞噬着

---

① 以罗马教皇格雷戈里一世为名的圣歌。
② 原文为拉丁语。

冰雹之泪的深渊。
远离黎明，远离家园。
代替墙——是金属板。
替代守夜——是飞行。
旅行替代回忆。
一首即兴诗替代赞美诗。
一颗小小的、疲倦的星辰在前方
赛跑
而高速路上柏油闪烁，
显示大地之所在，
地平线的剃刀埋伏以待，
和傍晚黑色的
蜘蛛，和夜，那么多梦想的窗口。

转变

数月中我没有写
一首诗。
我谦卑地活着,读报,
沉思权力的谜语
和顺从的理由。
我守望落日
(深红,令人焦虑),
我听到鸟儿变得安静
和夜的无声。
我看到向日葵在黄昏
悬摆它们的头,仿佛一个粗心的绞刑吏
去了花园闲逛。
九月甜蜜的尘埃堆积在
窗台而蜥蜴
藏在墙壁的转折处。
我一次次做长长的散步,
渴望着唯一的事物:
闪电,
转变,
你。

九月

致彼特·克瑞尔①

在布拉格我寻找弗拉迪米尔·霍朗②的居所,
他曾度过十五年光阴的囚房。
(我想我会轻易找到它,公鸡③
会为我指路,而一个年老神父身穿整洁、补过的长袍
会对我说:
诗人在这里住过,苦难曾睡在这里
像一只迷失的猫,每周一次藏在
一只皮质上衣的袖子里。)
天光已是秋天,
太阳让人有点不舒服。九月吻着山丘
和树梢,仿佛一个即将踏上
长途旅行的人到达车站却突然想起

---

① 彼特·克瑞尔(1941—),捷克作家,翻译家。
② 弗拉迪米尔·霍朗(1905—1980),捷克著名诗人,曾为共产党员,后转奉天主教。1960年代后期曾作为诺贝尔奖候选人被提名。
③ 双关语,亦指"敌我识别器"。

他丢了钥匙。

迷宫里游客们小心谨慎地移动，

不时查看随身的照相机黑色的空盒子。

红榆树的火焰浮在公园上空

好像圣艾默之光①。花园的篝火

和灰沉沉的烟飘在地上，井上。

栗树叶，轻盈而干燥，

仿佛某种不为人介意的老年，

不断飞向高处。

什么是巴洛克教堂？体育圣徒们的

高级健身俱乐部。

他们可不想帮我忙。（寻找他人之家者，

一个漂亮、富有学识的天使耳语道，

永远找不到自己的家。）没有人会帮我。

孩子们兴高采烈地跑开

没有理由（这种情形，充满残酷）。

风充满空气，空气充满氧，

---

① "圣艾默之光"为海上暴风雨后所见的一种天气现象，因圣艾默得名。

氧保持着一次越海旅行的回忆。
是这样吗？王宫的墙壁，仿如尼古丁
使其发黄，是否陷入了边界之争？
我找不到弗拉迪米尔·霍朗的居所。
生活取胜，一如往常，而死去的诗人
居住在遗忘里，在焊接工手掌下
迸射的火星里，在我加深的疲惫里。
不知道在哪里，不知道在哪里，根本不知道在哪里。
他来过这儿，但只是在夜里，
最后有人告诉我说，他已经不在了。

神秘主义入门

天气和煦,阳光丰沛。
小咖啡馆露台上的德国人
大腿上托着一本小书。
我看到了书名:
《神秘主义入门》。
忽然间我理解了那些打着尖利的
唿哨巡回于蒙蒂普尔西亚诺①
街道之上的燕子,
和来自东欧,所谓中欧的
羞怯的旅人压低的谈话,
和站在稻田里的——昨天?前天?——
仿佛修女似的白鹭,
和拭去那些中世纪建筑轮廓的
平常而缓慢的黄昏,
和任由风吹日晒的
山丘上的橄榄树,
和我在卢浮宫看到并赞赏的

---

① 意大利的一座中世纪山城,在南托斯卡纳,盛产葡萄酒。

《无名王子》的头,
和传播花粉的
蝴蝶翅膀似的彩绘玻璃窗,
和在公路旁边练习
演说的小夜莺,
和任何一次旅行、任何一种观光,
都只是神秘主义入门,
初级课程,一场被延期的考试的
前奏。

三个国王

我们将迟到……
——安德列·弗雷诺①,《三个国王》

要不是因为沙漠和笑声和音乐
我们就建成它了,要是我们的渴望
没有和高速公路上的灰尘混在一起。
我们看到穷国,被它们古老的仇恨
弄得更穷;
一列满载士兵和难民的火车
在一个燃烧的车站等待。
我们被堆满了荣誉
所以我们想——也许我们之中的某一个
真的是一个国王?
春天的草地使我们流连,野樱草,
乡村少女的顾盼
对陌生人爱的渴求。
我们向神提出请求,但我们不知道

---

① 安德列·弗雷诺,法国现代诗人。

他们是否能透过蜜黄色
面纱的火焰认出我们的脸。
我们一旦睡着就要睡上好几个月,
但梦在我们体内大怒,阴沉、变化莫测,
好像满月之夜的海浪。
恐惧唤醒我们,我们再一次迁徙,
诅咒着命运和肮脏的客栈。
一场冷风刮了四年,
但星辰是黄色的,随便缝在一件上衣上
仿佛一枚校徽。
出租车闻起来有茴香和二十世纪的味道,
司机有着俄国人的口音。
我们的船沉没,飞机突然摇晃。
我们激烈地争吵,每个人都
开始寻找不同的希望。
我几乎记不起我们在寻求什么
而我不知道一个十二月的夜
有一天会不会打开
仿佛一只照相机的眼。

也许我应该高兴，满足地生活，
要不是每天黎明
在城市墙壁之上
日光爆发，蒙蔽了我的欲望。

温室

在一个灰暗的小镇,你的小镇,
火车不情愿地逗留,
急着赶路,
在一座公园,桀骜的煤烟和暗影,
灰色建筑和贝母云,并排而立。

忘掉雪,忘掉寒霜一次次的侵袭;
内心中你迎来湿润的风,和懒蛇一般蜷曲的
阔大树叶谜似的低声
问候。一个古埃及学者
也不能破译。

忘掉那黑暗的体育馆和街道的悲哀,
被挫败的星期天的重量。
接纳植物吹送来的温暖气息。
闪电消逝后淡淡的气味
淹没你,将你召唤。

也许你在港口看过褪色的船帆,

落入玫瑰色雾霭罗网的岛屿，倾圮的庙宇塔楼；
你瞥见你所失去的，从未存在的，
以及有着和你一样
生活的人们。

忽然间你看到世界点亮了，全然不同，
他人的门敞开片刻，
你读到他们隐蔽的思想，
他们的假期没有不适，
他们的幸福不那么模糊，他们的脸几乎是美的。

忘掉你自己，沉溺于狂喜之中，
忘掉一切，然后也许，
更久远的记忆，更久远的认识将会回来，
然后听到你自己说：我
不知道——棕榈怎样打开了我渴求的心。

荷兰画家

沉重、大腹便便的洋铁碗。
宽大、突起在光线里的窗户。
触手可及的铅云。
被单似的罩衣。湿漉漉的牡蛎。
这些事物堪称不朽,但不为我们所用。
木质鞋自己走路,
地板砖从不厌倦,
有时候和月亮下一盘棋,
一个丑姑娘仔细读着一封
隐形墨水写成的信。
有关爱情还是金钱?
桌布有一股淀粉和道德的气味。
外表和深度并不相连。
神秘?这里没有神秘,只有蓝色的天空,
没有止息,殷勤如海鸥的叫喊。
一位妇女精巧地削着一只红苹果,
孩子们梦想着旧时代。
某人读着一本书(一本书被读),
某人正睡着,成为一个温暖的物体

像手风琴似的呼吸。
他们喜爱住下来,无处他们不住下来,
在一把木椅背上,
在一道窄如白令海峡的乳白色溪流里。
屋门敞开,风很友好。
扫帚完工后在一边休息。
家里的一切一目了然。这是一块
没有秘密警察的土地上的绘画。
只在年轻的伦勃朗脸上
一道过早的阴影落了下来。为什么?
告诉我们。荷兰画家们,发生了什么?——
当苹果削皮的时候,当丝绸转暗的时候,
当所有颜色都变冷的时候。
告诉我们什么是黑暗。

明信片

紫菀花燃烧,天鹅绒带子似的
淡淡的光芒。
还有菊花,
北方的凋谢的黄色调。

这是万圣节,
而我们无处可去,
我们的死者不住在这个国度,
他们将帐篷扎在其他死者的记忆里,
在山楂树的果实和铅里。

下了一个星期的雨,雨点
向大地进军,
如表情僵硬的中国武士。
山间的溪水仰卧着,
贪婪吸吮水和十月,
泥土被塑成
更完美的形状。

我们无处可去
尽管日子空虚
像被风鼓起的衣袖。
墓地上满是
优雅的客人，
像黎明的舞厅
当梦已经苍白。

我们的死者不在这个国度——
他们多年来一直在旅行。
他们留在发黄明信片上的地址
无法辨认，而铭刻在邮票上的
国家，很早就已经不存在。

贝壳

在夜里修道士们轻声歌唱
而一阵突然的风举起
云杉树枝如翅膀。
我不曾访问过古代的城市。
不曾到过塞柏①
或德尔斐②,因而我不知道
神谕所曾诉诸旅人的一切。
街道和峡谷积满雪,
一身黑袍的乌鸦静静地
尾随着狐狸的踪迹。
我相信难以捉摸的预兆,
阴影覆盖的废墟,水蛇,
山泉,能够预言的鸟。
菩提树犹如新娘盛开
但果实小而苦涩。
智慧不能

---

① 塞柏,城市名,在博茨瓦纳。
② 德尔斐,希腊古城。

在音乐，绘画，
伟大的事迹，勇气，
甚至不能在爱里，找到，
它只在这样一些事物里，
在地上和空气里，在痛苦和沉默里。
一首诗可以有雷的回声，
如俄耳甫斯①逃离时
接触过的贝壳。时间将生命带走
而赋予我们记忆，金黄如火焰，
黑暗如余烬。

---

① 俄耳甫斯，希腊神话里太阳神阿波罗之子，善弹竖琴，琴声能感动草木、禽兽和顽石。

三十年代

三十年代
我还不存在
青草生长
少女品尝草莓冰激凌
有人听着舒曼
(疯狂,毁了的
舒曼)
我还不存在
多么幸运
我可以听到一切

全民公决

乌克兰就独立
进行全民公决。
这一天巴黎有雾,气象员
预报有风,是一个多云的日子。
我愤怒于自己,愤怒于我
狭小,桎梏手脚的生活。
塞纳河被套在两堵堤墙中间。
书店陈列出叔本华新版
《论人世的痛苦》。
巴黎人躲在温暖的毛料外套里
在街上乱走。
雾渗进嘴和肺里
仿佛空气在啜泣,
为自己,为冷冷的黄昏,
夜晚多么漫长,
星辰又是多么无情。
我乘上一辆去往巴士底的公共汽车,
监狱二百年前已经铲除,
我试图读些诗歌

但我什么也没有理解。

随后到来的都是不可见的
和简单明了的。
无论是什么,不过是踌躇于嘲讽
和惊惶之间。
不论什么会得幸存,都是阴郁的
如断头台上的一只眼。

难民

曲身,为重负,为有时
可见、有时不可见的重负,
他们颠踬于泥泞和沙漠,
弯腰隆背,饥肠辘辘,

沉默的男人们穿着厚重的夹克,
永远的四季的服装,
满脸皱纹的老女人,
紧紧攥着什么,孩子,
灯盏,或是最后一块面包?

可能是今天的波斯尼亚,
一九三九年的波兰,八个月以后的
法兰西,一九四五年的德意志,
索马里,阿富汗,埃及。

总是一辆马车,或至少有一辆手推车,
装满各式宝贝(一床被子,一只银杯,
消失的家园的气味),

油尽后被抛弃沟渠的汽车,
一匹马(不久将被弃于身后),雪,许多的雪,
太多的雪,太多的日照,太多的雨,

总是那种独特的姿势
仿佛倚向另外一个更好的星球,
也许可以少些野心勃勃的将军,
少些雪,少些风,少些大炮,
少些历史(啊,没有
这么一个星球,只有弯腰隆背)。

拖着双脚,
他们慢慢,非常慢地
移向一个乌有的国度,
乌有河边一座
无人之城。

读者来信

太多的死亡,
太多的阴影。

写写生命吧,
写写普通的日子,
写写对秩序的热望。

将学校的钟
作为你节制,
乃至学业的
楷模。

太多的死亡,
太多的
黑暗的扩张。

瞧瞧吧,
水泄不通的体育馆
堆积的人群

唱着仇恨的赞美诗。

太多的音乐,
太少的和谐,和平,
理性。

写写那样的时刻
友爱的天桥
较之绝望
似乎更耐久。

写写爱吧,
写写悠长的夜晚,
黎明,
树木,
写写对于光明
无止境的耐心。

我不在这首诗里

我不在这首诗里,
唯有波光闪烁、干净的小池塘,
一只蜥蜴细小的眼睛,风
和一支并未压在我双唇间的
口琴的声音。

给 M

我躺在另一块天空的星辰下
在午夜漆黑的青草中。
午夜呼吸着,缓慢而懒散,
我想起你、我们,
想起从我的想象里拔出的
锋利和闪亮的时刻,仿佛荆棘
从一个运动员窄窄的脚上取出。
这一天大海变得黑暗而
狰狞,风暴的兰花迅疾跑过
起皱的水的床单。
它也可以是童年,简单的
狂喜的土地和无尽的渴望,
正午嘴唇里红红的罂粟
和教堂的警觉如蜂鸟的塔。
士兵们沿着街道走过,但战争
已经结束步枪开出花朵。
某些日子沉默是那样虔诚
我们不敢妄动。一只狐狸跑过田野。
我们试着品尝叶子的滋味,令天真之人

目迷的光的滋味。
但空气也有苦涩的滋味:康乃馨,
肉桂,尘土,和橡实,
冬天,秋季的第一个星期。
未流出的血的滋味。
我们久久地站在铁轨之上的高架桥上,
一列火车一定已从我们脚下通过了;
唯有干燥的太阳反射在
数不清的窗户里。
那是笑声,你说,那是铁,
盐,沙,玻璃。
而未来,
你的衣服的织料,我们共享的,生活,
像旅行中的一餐食物。

这就是西西里

夜里我驾船驶离阴影覆盖的,
谜似的海岸。远远的,小山
仿佛巨大的叶片摇曳如巨人的梦。
海浪拍击船舷,
温暖的风吻着帆,
星星慌慌张张,抢着跑去
宣讲世界的历史。
这就是西西里,有人低声说道,
三只角的小岛,猫头鹰的气息,
死者的手帕。

你们是我沉默的同道

你们是我沉默的同道,
逝者。
我不会忘记你们。

在古老的信件里我发现你们的痕迹,
潜行在纸张的上方,
仿佛精神病室墙上的一只蜗牛。
你们的地址和电话号码扎营于
我的记事本,等待着、浅睡着。

昨天我在巴黎,看见成百上千的游客,
疲倦而寒冷。我想,他们看上去
就像你们,他们不能安顿,他们不安地转着圈子。

你们可能认为,活着,是容易的。
你们所需不过:一把土,一条船,一只巢,一座监狱,
一点呼吸的空气,几滴血,和渴望。

你们是我的大师,
逝者。
不要忘记我。

外出散步

有时外出散步,在乡村道路
或安静的森林里,
你听到一点声音,也许呼唤着你,
你不想相信它们,你走得更快,
但它们很快追上你,
像驯服的野兽。

你不想相信它们,不久之后
在一条忙碌的街上
你后悔你没有倾听,
你试图唤起
那些音节,声音,和它们之间的间隔。

但现在是太晚了
你再不会知道
谁在唱,在唱哪一首歌,
它曾要把你吸引到哪里。

弗美尔的小女孩

弗美尔的小女孩,如今已经闻名
望着我。一粒珍珠望着我。
弗美尔的小女孩
嘴唇红润,濡湿,而且闪亮。

哦弗美尔的小女孩,哦珍珠,
蓝头巾:你无处不明亮
而我由阴影组成。
光明俯视阴影
带着宽容,或许还有一丝怜悯。

火地岛

你,在夜里见过我们的家
和良知脆弱的墙,
你,听过我们的谈话
嗡嗡声如缝纫机
——拯救我吧,除去我的昏迷,
失语症。

为何是童年——哦,锡箔纸的珍宝
哦,铅笔芯划出的沙沙声,可爱而具预示性——
我们唯一的出身,我们唯一的渴望?
为何是成年,代替成熟,
一条无尽的高速路,
撒哈拉沙漠一样黄?

毕竟,你知道存在那样的日子
——甚至渴求也变干涸
祈祷之唇也变坚硬。

有时太阳的硬币暗淡

而生活收缩得那么小
你都能将它塞进
能够预卜七代以外的
未来的吉卜赛人
蓝色的手套里

然后在某个小镇的
南边一个江湖骗子
决定毁灭你，
我，他自己。

你，见过我们的眼白，
你，隐藏的人，如红腹灰雀
在花楸中，
如苍鹰
在云之温暖长袜里

——打开充满歌曲的盒子，
打开动物和石头的，

动脉里搏动的血，
点亮黑暗花园里的灯。

无名，无形，沉默者，
请拯救我的麻痹症，
带我到火地岛，
带我到河流
笔直流淌的所在，水平的河流
上下往返流动。

阿尔比*

旅人迎接他的新环境，
希望在那里找到快乐，
或许还有他的记忆。

阿尔比占先在我面前，
一片合欢树叶，轻柔而友好。

——但大教堂不可能被征服，
它光滑的墙和十字形构件的窗
转移了我的感情。

一阵西风吹起，从西班牙，
携带一滴悲伤和一粒海洋的原子。
悬铃木互致问候
像身披绿袍的朝臣
风尘仆仆，经过了长途车马的劳顿。

---

* 阿尔比，法国南部城市。

我依然不知道世界是什么,
一排巨浪淹没了辨别力,
勇气、和平、灯笼里安静的火焰
像我们一样今夜跟死者道别;

疲劳而丰富的梦
穿过我们,仿佛无情的朝圣者。

耐心的教堂静立。
云团浮动,困乏,懒散,
如低地的河流。
火箭的弓手瞄准我,确定了又转移。

你不再在这里,
但我活着,活着并看着,
而我呼出的气息之丸
滚过逼仄的乡村道路。

自画像

在电脑,铅笔,打字机之间
半日过去。有一天半个世纪也会过去。
我生活于陌生的城市,有时和陌生的人
就我陌生的事情聊上几句。
我听大量的音乐:巴赫,马勒,肖邦,肖斯塔科维奇。
我看到音乐里的三种元素:脆弱,力量,和疼痛。
第四种没有名字。
我阅读诗人,活着的和死去的,他们教给我
固执,忠实,和骄傲。我试图理解
那些伟大的哲学家——通常却只是抓住了
那些精致思想的碎片。
我喜欢在巴黎的街上作漫长的散步
看着我的同类生物,为嫉妒,
愤怒,欲望而跃跃欲试;追踪一枚银币
从一只手传到另一只手,逐渐
失去它的圆形(皇帝的侧面像被磨损)。
在我身边,众树什么也不表达
除了一种绿色,漠不关心的完美。
黑色的鸟在田间踱步,

耐心等待仿佛西班牙寡妇。
我已不再年轻,但总有人比我更老。
当我停止存在,我喜欢深深的睡眠,
喜欢在乡间,把自行车骑得飞快,看房屋和白杨
像积云,在晴天消散。
有时候我置身博物馆,那些画开口对我讲话
嘲讽,突然间无影无踪。
我爱凝视我妻子的脸。
每个星期天我给父亲一次电话,
每隔一个星期我和朋友们见一次,
以此证明我的忠诚。
我的国家从一种邪恶里自新。我盼望
另一次解放接踵而至。
对此,我能有所作为吗?我不知道。
我真的不是这大洋的孩子,
如安东尼奥·马查多写他自己,
而是空气,薄荷和大提琴的孩子,
而这高尚世界所有的道路
并非都与迄今属于我的生活
交叉而过。

十二月的风

十二月的风杀死希望,
却不让它捕获
海上升起的薄雾
夏日早晨的温和。

谁相信那不可见的,
明亮的岛屿依然存在
而太阳的色斑
落在镶木地板?

睡眠衣着褴褛地漫游
乞求着救济品,
记忆,仿佛玛丽·斯图亚特①
枯萎在监狱的单人牢房。

---

① 玛丽·斯图亚特(1542—1587),苏格兰女王,因卷入暗杀伊丽莎白女王的阴谋而以叛国罪处死。

旅人

某个旅人,无所信仰,
发现自己某个夏天身在异国一个城市。
菩提盛开,外来感因此从心底加深。

陌生人群漫步在林阴大道,
缓慢,充满恐惧,也许因为
落日超过了地平线可以承受的重量

柏油的猩红也许
不只是阴影而断头台也许
不只是点缀博物馆

教堂的钟声和鸣
也许比平常具有更多的意义。
大概这就是为什么这旅人要不停

将手放在胸前,谨慎察看
以确信他还拥有那张回程票
回到寻常的地方,我们生活的地方。

老屋

你还记得老屋的模样么?
那屋子——暴风雪的外套上一只口袋,
老屋,低而凸起像古埃及语的元音。
掩在绿树的舌下——
最可靠的是菩提树,每个秋天
都落下枯干的泪。
式样过时的衣服悬摆在阁楼上
像被施绞刑的人。旧信件被点燃。
旧钢琴在客厅打盹,
一匹长着黑牙和黄牙的河马。
墙壁上歪歪扭扭挂着一副十字架
——来自一场失败的起义,一张
忧郁少女的照片——失败的生命。
空气散发苦艾酒的味道,
又苦又甜。
老屋,老屋,你们在哪里?
在怎样的海底,在怎样的记忆,
在怎样的存在的屋顶下?
当风吹开一扇扇窗户,一道深蓝

便潜入房间,
窒息了细棉窗帘的呼吸。
一场大火是死亡之企图,
带来她苍白火星的花束。

这一刻

在这座罗马式教堂里折磨过
那么多祈祷者那么多世代的圆石
保持着谦卑的沉默,而影子沉睡在后殿
如蝙蝠沉睡在冬天的软毛里。

我们走出教堂。苍白的太阳闪烁,
尖细的音乐从小汽车里
轻轻流出,两只松鸦
仔细看着我们,人类,
渴望的线头悬摆在空中。

这一刻没有羞耻,
获得了它愚蠢的自由
在这疲惫陈旧的
神龛壁旁,

等着将来的千百万年,
未来战争,地质纪元,
停火,条约,气候的变化——

这一刻——它是什么——只是

一只蚊子，苍蝇，一丝气息，
而它在所有的地方延续，
进入胆怯的草地，
存在于树干和基因，
和我们双眼的瞳仁。

这一刻，与你和我一样易朽，
充满无限的、无知的、
傻傻的快乐，仿佛它知道
我们所不知的什么。

黑鸟

一只黑鸟坐在电视天线上,
唱一支轻柔、爵士乐似的小调。
你失去了什么人,我问,你哀悼什么?
我在向那些去世的人告别,黑鸟说,
我将永别这一天(它的眼和睫毛),
我哀悼一个曾生活在色雷斯的女孩,
你不会认识她。
我为柳树难过,它死于寒霜。
我悲叹,因为所有事物消逝、改变
又返回,却是以完全不同的形式。
我的窄喉几乎不能承受
这些不可抵挡的转变所引起的
悲伤、绝望、愉快和骄傲。
一个送葬的行列在前面经过,
总是如此,每个黄昏,在那儿,在地平线上。
每个人都在那里,我看见然后和他们道别。
我看到剑、帽、头巾和赤足,
枪、血和墨水。他们缓慢地行走,
消失在河上的薄雾里,在右岸。

我向他们和你和光说再见，
然后迎来黑夜，因为我服侍她——
以及黑的丝绸、黑的力量。

哀歌

那是一片灰暗的风景,和鞑靼人的
矮种马一样小的房子,高高的水泥
建筑,庞然,流产状态;满眼制服,雨,
呆滞的河流不知流向何处,
灰尘,眼皮浮肿的苏维埃的神,
刺鼻的瓦斯,单调的甜的气息,
污秽的火车,眼睛充血的黎明。

那是一片小小的风景,没有尽头的冬天,
里面住着——仿佛在古老的菩提树里,
——麻雀、小刀、友谊、叛国的树叶;
乡村街道的电弧;被碾变形的草地;公园
一条长椅上有人悠闲地拉着手风琴,
有那么一刻你能呼吸到
比疲劳更轻的空气。

那是一间褐色墙壁的等候室,
法庭,诊疗室;屋子里的
档案下,桌子突然倒地

塞满烟灰的烟灰缸。
沉寂或高音喇叭的尖叫。
一间为了出生你等待过
一生的等候室。

我们短命的爱情持续了那么久，
我们有力的笑声，反讽和得意，
或许还在褪色，在警察局里
在地图的页边，在想象的边缘。
死者的头发，声音。
我们欲望的精工表，
一段充满空虚的时间。

那是一片黑色的风景，唯有群山是蓝色的
而彩虹倾斜。没有许诺，没有希望，
但我们生活在那里，而且不是作为陌生人。
它是我们被给定的生活。
那是耐心，冰川般苍白。
那是负罪的惊惶。勇气
充满焦虑。注满力量的焦虑。

大提琴

那些不喜欢它的人说它
只是一把变异的小提琴
被剔出了合唱队。
并非如此。
大提琴有着许多秘密,
但它从不哭诉,
只是低声歌唱。
尽管不是一切都变成了
歌。有时你捕捉到
一声咕哝或私语:
我很孤独,
我睡不着。

德加：女帽商的商店

帽子纯真可爱，柔和的光线
抹在它们的外廓。
一个姑娘在忙着。
但溪流在哪里？树林呢？
哪里有林泽仙女妖冶的笑声？
饥饿的世界，有一天
将会侵入这宁静的房间。
此刻它却以这些使者所宣布的话
自我满足：我是赭黄。
我是褐色。我是惊愕之色，
似灰。在我里面船只沉没。
我是蓝色的事物，我是冷色，
我可以无情。
我还是死亡的颜色，
我富于耐心。
我是紫（你见我不多），
因我代表大捷和游行的行列。
我是绿，我温柔，
我生活于井水和桦树叶子。

那手指轻捷的姑娘
不会听见我的声音,因她也是凡俗之人。
她想着即将到来的星期天
和她跟屠夫之子的约会,
他有着粗鄙的嘴唇,
一双被血
浸染过的大手。

天文馆

就说那是九月吧。
一个人造的天空在我们头顶旋转。
我们,我们班。我,我的眼睛,
舒适的生活,我的十六年光阴。
在头顶星辰如舞蹈演员
亮相,彗星急匆匆
为了它们的差事赶往地球的远端。
屏幕上细微的爆炸——
喇叭解释说——事实上却是
可怕的巨大,但又是重要的
和可预料的。
我们且设想,只一瞬间
光线变暗,黑暗降临,
黑风吹起。
看来就要下雨,降冰雹,
雷雨逼近,有人大声
呼救,恳求实在的
星辰返回。
让我们说它们果真回来了
它们的光是那么耀眼。

她在黑暗里写

*给理查德·克利尼茨基*①

住在斯德哥尔摩时,奈利·萨克斯②
夜里在一盏昏暗的灯下工作,
为了不弄醒她生病的母亲。

她在黑暗里写作。
绝望口授的词语
沉重如彗星之尾。

她在黑暗里写作,
在寂静里,唯有墙上
挂钟的叹息打破这寂静。

那些字母仿佛也昏昏欲睡,

---

① 理查德·克利尼茨基(1943—),波兰著名诗人,新浪潮诗歌的代表诗人。
② 奈利·萨克斯(1891—1970),著名德语女作家、诗人、戏剧家。1966年诺贝尔文学奖获得者。

在纸上垂下它们的头。

黑暗在写作,
它已将这中年女人,
误当成它的自来水笔。

夜垂怜于她,
清晨阴沉的监狱
耸立在城市,
在玫瑰色指状的曙光里。

在她打盹间隙,
黑鸟已醒来
在它们的悲伤与歌里
没有一丝停顿。

阿姆斯特丹的机场

纪念我的母亲

十二月升起,压抑的欲望
在黑而空的花园,
树上的锈和浓浓的烟
仿佛谁的孤独在燃烧。

昨日漫步我再次想起
阿姆斯特丹的机场——
不带房间的狭长走廊,
充满其他人梦想的候机室
被厄运弄脏。

飞机几近愤怒地撞击
水泥地面,饥饿
如未捕捉到猎物的老鹰。

你的葬礼也许应在这里举行
——熙熙攘攘的人群,

一个未被选中的好地方。

有人不得不照看死者
在机场巨大的帐篷下。
仿佛我们又成了游牧民;
你身着夏装向西游逛,
惊异于战争和时间,
腐烂的废墟,镜子
映现一个渺小、疲惫的生命。

在黑暗里最后的事物闪亮;
地平线,刀子,每天升起的太阳。
我在机场为你送行,闹哄哄的
低凹处,有廉价的眼泪出售。

十二月升起,甜蜜的桔子;
没有你,不会再有
圣诞节。

薄荷叶平息着偏头痛……
在餐馆里你总是
花最长时间研究菜单……
在我们苦修者的家里
你是健谈的女主人，
却那样安静地死去……

年老的神父会念错你的名字。
火车将停在林子里。
黎明时分，雪将飘落
在阿姆斯特丹的机场。

你在哪里？
在记忆埋葬的地方。
在记忆生长的地方。
在桔子，玫瑰，雪埋葬的地方。
在骨灰生长的地方。

夜

优美地舞蹈
并有着奇妙的欲望。
寻求着道路。
在森林中哭泣。
被黎明、狂热
和公鸡杀死。

漫长的午后

那是一些漫长的午后,诗歌离我而去。
河水耐心地流淌,将慵懒的船舶轻轻推入大海
漫长的午后,象牙海岸
大街上闲荡的影子,店铺前傲慢的侏儒
公然敌意的眼睛盯着我。

教授们离开学校,一脸茫然的表情
仿佛《伊里亚特》终于使他们累垮,
晚报带来令人心神不宁的消息,
但无事发生,无人匆匆赶路。
无人在窗子里,你不在那里;
甚至尼姑们也为她们的生活感觉羞耻。

那是一些漫长的午后,诗歌消弭
我被留下来,和城市里那些呆头呆脑的恶棍一起,
像一个滞留于*火车北站*①外的可怜旅行者
细绳扎着鼓鼓的旅行箱

---

① 原文为法语,指巴黎火车北站。

九月的黑雨落了下来。

哦,告诉我怎样治愈我的反讽,怔忪的凝视
看见却看不透;告诉我怎样治愈我的
沉默。

给我的兄长

多么平静我们
走过年年岁岁,
多么轻柔我们
唱忧郁的催眠曲,
多么容易狼群
抓住我们的兄弟,
多么温柔
死亡呼吸,
多么轻快
船只游弋
在我们的河道。

我想生活的城市

这城市是安静的，在黄昏
暗淡的星辰从它们的昏厥里醒来，
在中午，回响着
富于野心的哲学家和商人的声音
后者从东方带来了天鹅绒。
热烈的交谈燃烧着，
而不是焚尸的柴堆。
古老的教堂，生苔的
祈祷的石头，是压舱物
也是火箭飞船。
它是一个公正之城，
外国人在此不会受到惩罚，
一个长于记忆
短于遗忘的城市，
具有容忍精神的诗人，宽恕了那些先知
因为他们，无望地缺少幽默。
这城市建立于
肖邦的序曲，
从中仅取得了欢乐和悲伤。

小小的群山环抱
如一道白色的衣领；洋槐
在那里生长，还有纤细的白杨，
这众树之国的大法官。
轻快的河流流过城市的心脏
日日夜夜
低语着隐秘的问候
从泉水，从山峦，从太空。

珀耳塞福涅

珀耳塞福涅又走入地下
一身夏季的衣服,一个犹太孩子
大大的眼睛。

风筝飞着,还有黄黄的树叶,秋天的尘土,
一架白色的飞机,乌鸦黑色的翅膀。
有人手里攥着一封迟到的信跑过小路。

在地下穿软木凉鞋她会感到
冷,她的头发也不能使她免遭
盲目的风,和遗忘——

她消失在栗树林里,
唯有辫子上的缎带
闪着屈从的玫瑰色光芒。
珀耳塞福涅又走入地下
而同一根淡漠的线再一次
捆住我小小的飞鸟似的心。

我工作的房间

给德里克·沃尔科特

我工作的房间是四四方方的
犹如半副骰子。
一张木桌,
一幅农夫侧面肖像,
一把松松垮垮的扶手椅,一只茶壶
噘着哈布斯堡王朝时代的嘴。
从窗口我望见几棵枯瘦的树,
几丝云彩,几个总是
快乐而喧闹的儿童。
有时候,挡风玻璃在远处闪烁,
或更高处,一架飞机银色的外壳。
显然,当我工作,当我
在地上或空中寻求冒险的时候,
别人也没有浪费时间。
我工作的房间是一只照相机的暗盒。
而我的工作是什么——
静静的等待,

翻动书本,耐心的沉思,
无法满足裁判者
贪婪注视的消极。
我缓慢地写作仿佛我会活上二百年。
我寻求不存在的形象,
如果存在,它们也是打皱的、隐蔽的
如夏天的衣服,
在严寒刺痛嘴唇的冬天。
我梦想完美的入定如果我找到它
我愿意停止呼吸。
也许是好的,我仅做完了这么一点点。
而我毕竟听到了第一场雪嘶嘶的声音,
天光微茫的旋律,
以及城市阴郁的隆隆之声。
我从一眼小小的源泉饮水,
我的渴超过了海洋。

三个天使

三个天使突然出现
就在圣乔治街这家面包店附近。
不是又一次人口普查局的调查吧,
一个疲惫的男人叹息道。
不,第一个天使耐心地说,
我们只是想看看
你们的生活过得怎么样,
日子的滋味如何以及你们的夜晚
为什么总是呈现出不安和恐惧。

没错,恐惧,一个可爱的、眼睛像在做梦的
女人答道;但我知道为什么。
人类大脑的劳作已经衰退。
他们寻求他们找不到的
帮助和支持。长官,只请看一看
——她把天使称作"长官"!——
维特根斯坦吧。我们的圣贤
和领袖都是一些忧郁的狂人,
他们知道的甚至不比我们这些

普通人多（她可
不普通）。

还有，一个正在练习
小提琴的男孩说，夜晚
都是一只空纸箱，
一个缺少神秘的首饰盒，
而在黎明时分宇宙看上去
与电视屏幕一样干燥和陌生。
此外，那些热爱音乐本身的人
很少、很难寻。

其他人相继发言悲叹
汹涌汇集成一支愤怒的奏鸣曲。
如果你们，先生们想知道真相，
一个高个儿学生嚷嚷道——他
刚失去母亲——我们受够了
死亡和残忍，迫害，疾病，
以及蛇眼般呆滞的

长久的厌倦。我们只有很少的土地，
而有太多的火。我们并不知道我们是谁。
我们在森林里迷了路，黑色的星星
懒懒地移动在我们头顶仿佛
它们只是我们的梦。

但是，第二个天使有点害羞地低声道，
总有一些快乐，甚至美
就是手边，就在每时每刻的
吠叫声下，在安静心灵的入定里，
总有另一个人隐藏在我们每个人中间——
普遍，强大，无形。
野菊花有时有着童年的
清香，而假期里少女们
像通常那样走出户外散步，
她们系上围巾的方式有着
某种永恒的意味。
记忆活在海洋里，在奔腾的血液里，
在黑色的、燃烧的石头里，在诗里，

在每一次安静的交谈里。
世界一如往常,
充满阴影和期待。

他原可以继续这样说下去,但人群
在扩大,无声而愤怒的
波浪蔓延
直到最后使者们轻轻升起,
升入空中,那里,他们越来越远,
他们轻轻重复:愿你们安宁,
生者、死者、未出生的人。
唯独第三个天使一言不发,
因为他是长久沉默的天使。

来自记忆

狭窄的街道自记忆深处显现——
让它做这首诗的喉头吧——
炼焦厂上方浓密的灰色烟雾
仿佛一座火山将火星投进天空，
偿还着所欠星星的债务。

我的街道：两个薄嘴唇的
骄傲的老处女——幸免于西伯利亚
和斯大林；一个年轻演员，渴望着出名，
还有教授 G，在华沙起义中失去了一只胳臂
空荡荡的衬衫袖子似一片风帆。

我还什么也不懂，无事发生，
除了战争或对犹太人的大屠杀。
冬天阴沉的雪潜伏在屋顶，
警觉如印第安人，担心着春天。
假期到了，一只剥皮的橘子。

一个热切的教士在深红色的

新哥特式教堂大口吞饮福音书；
哦，心灵里的心灵，基督受伤的胸脯。
感谢神在弥撒后赐予奶油松饼
帮助忘却一番拉丁文的拷问。

在营房新兵们正在训练，
我的一个朋友吹着小号
仿佛迈尔斯·戴维斯①，只会更好。
年轻女士穿着宽大、
挺括的裙子兜风。

丑陋的地球，被平展、黑色的河流
切开，好像一个德国学生
颊上的结痂，
白天都平静；夜里
就以两种语言低声哼唱，

---

① 迈尔斯·戴维斯（1926—1991），美国著名黑人爵士乐歌手、小号手。

我们也生活在两种习语中，
乏味的、妒忌的，难懂的黑话，
和一种属于伟大梦想的语言。
在正午云的眼温和地
睁开，充满泪水和光的眼。

夏天

那个夏天多么酷热而潮湿……
白色天空悬在头顶如马戏团的帐篷。
我和自己交谈,写信,
拨打冗长不堪的号码。
天气多么令人窒息以致墨水
干涸在自来水笔里。鹰隼晕厥。
我甚至发了一封电报,邮局
打盹的职员带着惊诧受理。
喝醉似的黄蜂盘旋在餐桌上方,
方糖碎裂在黑咖啡里。
我漫游穿过小城,出于习惯,
绝望,我开始变得
深居简出。我和自己交谈。
机场,火车站,教堂
间或闪现在每条街道尽头。
旅人们谈起火与种种征兆。
百叶窗锁上了,边境关闭,
唯有云团偷偷向西。
天气多么酷热,铅
从彩画玻璃窗上滴落。

中国诗

我读一首写于
千年前的中国诗。
作者叙说着
整夜打在他行船
竹顶上的雨,
和最后安顿在
他心里的和平。
只是巧合么?
也是十一月,满天迷雾,
沉沉暮霭。
只是偶然么?
另有某人生活着。
诗人们将重要性
归之于奖项和成功
而秋天周而复始
从骄傲的树上撕去叶子
假如还有什么留下,
唯有雨在诗中
轻柔的低语,

既不快乐也不悲伤。
唯有纯粹,无人看见,
当夜,光和影
匆匆曳着神秘
暂时忘却了我们。

在巴黎的圣星期六

也许只不过是
春雨的节日:
小船巡航在贫民区
挂着昨日的,却被叫做
《世界》① 的报纸做的帆。
屠夫就要揉擦双眼,
城市醒来,悲哀而满足。
有人看到这地球裂开
并吞噬一点未来。
幸运的是这裂缝无足轻重
且可能被缝合。
一些鸟开始结结巴巴。
让我们去别的地方吧,你说,
去修道士们在指挥下
齐唱颂歌的地方。
唉,在阿拉伯人住宅区
一团云,生出双头仿佛沙皇的鹰,

---

① 指法国的《世界报》。

挡住路。
而双头的怀疑，
纤细如羚羊，
阻塞在潮湿的街道。
主啊，你为什么死去？

论游泳

这国家的河流甜蜜
如游吟诗人的歌,
沉重的太阳在黄色的
大篷车上向西漂游。
小小的乡村教堂
保持着它织物般的寂静
那么精致而古老,似乎吹口气
就能将它撕破。
我爱在海里游泳,大海
不停地自语
以一种浪游人的单调
他不再记得
在路上究竟已有多少时日。
游泳一如祈祷:
手掌合起又分开,
合起又分开,
几乎没有终止。

仁慈的修女

那是童年,再也不会回来——
浆果是那么黑连夜晚也嫉妒;
纤细的杨树升起在狭窄的河边,
仿佛仁慈的修女却不惧怕陌生人。
从阳台我能看见一条小街两棵树,
但我也可以是皇帝并快乐地倾听
仿佛我的无数大军在咆哮,
被征服的土耳其旗帜在飘动。

我喜欢牙齿间青草的味道,
苦涩的枫树叶,六月里
第一颗草莓留在嘴里的酸甜。
星期天早晨母亲煮正宗的咖啡,
在教堂年老的神父对骄傲宣战。
每当见到有人受穷我的心就痛。
蓝和黄的国家生活在地图册里;
大国吞并小国,但在邮票上

你只见到一动不动的鹰、斑马、

长颈鹿,优雅得使人屏息的小山雀。
在那家幽暗的商店积尘的架子上
一罐罐发粘的糖果高耸而立。
打开窗户就有深红的蛾子飞出。
我是一名童子军并开始懂得
林中的孤独,当黄昏降临,猫头鹰叫着,
栎木枝吓人地发出嘎吱嘎吱响。

我读关于骑士的故事、俄罗斯民间传说
和显克维奇没完没了的三部曲。
我父亲为我建了一座磨坊模型,
它在山中的溪水里迅捷地转动。
我的自行车跑得比喘气的火车还快,
八月的酷热将城市融化仿佛冰淇淋。
浆果是那么黑……苦涩的枫树叶……
那是童年。血和盛宴的日子。

休斯敦,下午六点

欧洲已经睡了,在一件由边界线织成的粗糙花格子织物下
在古老的仇恨下:法国舒服地依偎着
德国,波斯尼亚在塞尔维亚的手臂里,
孤独的西西里在蔚蓝的海域。

此刻,这里才入夜,灯已点亮
黑色的太阳迅速地暗淡。
我是孤独的,我读一点点,想一点点,
听一点点音乐。

我之所在,有友谊,
但没有朋友,有魔力生长,
但没有神奇,
死者,放声大笑。

我是孤独的因为欧洲睡了。我的爱
睡在巴黎郊外一间高高的房子里。
在克拉科夫和巴黎,我的朋友
跋涉在同一条遗忘的河流。

我读并思考；在一首诗里
我发现这样的句子："总有一些可怕的打击……
不要问！"我不问。一架直升机
划破了夜晚的宁静。

诗歌召唤我们来到更高处的生活，
但低的一切却同样富于雄辩，
比印欧语言更有颤音，
比我的书籍和唱片更强有力。

这里没有夜莺，没有画眉鸟
悲哀、甜蜜的啁啾，
只有反舌鸟惟妙惟肖地效仿着、
模拟着每一种声音。

诗歌召唤我们走向生活，鼓起勇气
面对生长的阴影。
你能平静地凝视大地

像一位出色的宇航员吗？

出于无害的懒散，书籍的希腊，
和记忆的耶路撒冷，突然出现
一首诗的岛屿，无人居住；
某一天，会有一个新的库克①发现它。

欧洲已经睡着。夜的野兽们
哀恸、贪婪，
游走，伺机杀戮。
很快很快，美国也将睡去。

---

① 指詹姆斯·库克（1728—1779），英国著名探险家、航海家和制图学家。他由于进行了三次探险航行而闻名于世。

我曾走过这中古的小城

我曾走过这中古的小城
在夜晚或黎明，
我还年轻或已太老。
我没有戴表
或日历，唯有固执的血
测量这无尽的广袤。
我可以开始生活，我的
或不是我的，直到结束。
一切似乎容易，
公寓窗户半敞着，
其他命运也半开。
那是春天或初夏，
墙壁温暖，
空气如橘皮柔和；
我还年轻或已太老，
我还能选择，我还能生活。

"蓝色东欧"译丛（部分书目）

第一辑

- **《石头城纪事》**（小说）
  【阿尔巴尼亚】伊斯梅尔·卡达莱 著　李玉民 译

- **《错宴》**（小说）
  【阿尔巴尼亚】伊斯梅尔·卡达莱 著　余中先 译

- **《谁带回了杜伦迪娜》**（小说）
  【阿尔巴尼亚】伊斯梅尔·卡达莱 著　邹琰 译

- **《石头世界》**（小说）
  【波兰】塔杜施·博罗夫斯基 著　杨德友 译

- **《权力之图的绘制者》**（小说）
  【罗马尼亚】加布里埃尔·基富 著　林亭、周关超 译

- **《罗马尼亚当代抒情诗选》**（诗歌）
  【罗马尼亚】卢齐安·布拉加等 著　高兴 译

第 二 辑

- 《我的疯狂世纪（第一部）》（传记）
  【捷克】伊凡·克里玛 著　刘宏 译

- 《我的疯狂世纪（第二部）》（传记）
  【捷克】伊凡·克里玛 著　袁观 译

- 《我的金饭碗》（小说）
  【捷克】伊凡·克里玛 著　刘星灿 译

- 《一日情人》（小说）
  【捷克】伊凡·克里玛 著　高兴、杜常婧 译

- 《终极亲密》（小说）
  【捷克】伊凡·克里玛 著　徐伟珠 译

- 《等待黑暗，等待光明》（小说）
  【捷克】伊凡·克里玛 著　杜常婧 译

- 《没有圣人，没有天使》（小说）
  【捷克】伊凡·克里玛 著　朱力安 译

- 《花园里的野蛮人》（散文）
  【波兰】兹比格涅夫·赫贝特 著　张振辉 译

- 《带马嚼子的静物画》（散文）
  【波兰】兹比格涅夫·赫贝特 著　易丽君 译

- 《海上迷宫》（散文）
  【波兰】兹比格涅夫·赫贝特 著　赵刚 译

- 《父辈书》（小说）
  【匈牙利】瓦莫什·米克罗什 著　许健 译

第三辑

- **《乌尔罗地》**（散文）
  【波兰】切斯瓦夫·米沃什 著　韩新忠、闫文驰 译

- **《路边狗》**（散文）
  【波兰】切斯瓦夫·米沃什 著　赵玮婷 译

- **《第二空间——米沃什诗选》**（诗歌）
  【波兰】切斯瓦夫·米沃什 著　周伟驰 译

- **《无止境——扎加耶夫斯基诗选》**（诗歌）
  【波兰】亚当·扎加耶夫斯基 著　李以亮 译

- **《捍卫热情》**（散文）
  【波兰】亚当·扎加耶夫斯基 著　李以亮 译

- **《索拉里斯星》**（小说）
  【波兰】斯塔尼斯瓦夫·莱姆 著　赵刚 译

- **《遗忘的梦境——查特·盖佐短篇小说精选》**（小说）
  【匈牙利】查特·盖佐 著　舒荪乐 译

- **《流星——卡雷尔·恰佩克哲理小说三部曲》**（小说）
  【捷克】卡雷尔·恰佩克 著　舒荪乐、蒋文惠、程淑娟 译

- **《神殿的基石——布拉加箴言录》**（箴言）
  【罗马尼亚】卢齐安·布拉加 著　陆象淦 译

- **《十亿个流浪汉，或者虚无——托马斯·萨拉蒙诗选》**（诗歌）
  【斯洛文尼亚】托马斯·萨拉蒙 著　高兴 译

第四辑

- **《耻辱龛》**（小说）
  【阿尔巴尼亚】伊斯梅尔·卡达莱 著　吴天楚 译

- **《三孔桥》**（小说）
  【阿尔巴尼亚】伊斯梅尔·卡达莱 著　施雪莹 译

- **《接班人》**（小说）
  【阿尔巴尼亚】伊斯梅尔·卡达莱 著　李玉民 译

- **《绝对恐惧：致杜卞卡》**（小说）
  【捷克】博胡米尔·赫拉巴尔 著　李晖 译

- **《严密监视的列车》**（小说）
  【捷克】博胡米尔·赫拉巴尔 著　徐伟珠 译

- **《雪绒花的庆典》**（小说）
  【捷克】博胡米尔·赫拉巴尔 著　徐伟珠 译

- **《温柔的野蛮人》**（小说）
  【捷克】博胡米尔·赫拉巴尔 著　彭小航 译

- **《无常的夏天》**（小说）
  【捷克】弗拉迪斯拉夫·万楚拉 著　张陟 译

- **《赫贝特诗集（上、下）》**（诗歌）
  【波兰】兹比格涅夫·赫贝特 著　赵刚 译

- **《垃圾日》**（小说）
  【匈牙利】马利亚什·贝拉 著　余泽民 译

第五辑

- **《壁画》**（小说）
  【匈牙利】萨博·玛格达 著　舒荪乐 译

- **《鹿》**（小说）
  【匈牙利】萨博·玛格达 著　余泽民 译

- **《两座城市：论流亡、历史和想象力》**（散文）
  【波兰】亚当·扎加耶夫斯基 著　李以亮 译

- **《另一种美》**（散文）
  【波兰】亚当·扎加耶夫斯基 著　李以亮 译

- **《思想的黄昏》**（随笔）
  【罗马尼亚】埃米尔·齐奥朗 著　陆象淦 译

- **《着魔的指南》**（随笔）
  【罗马尼亚】埃米尔·齐奥朗 著　陆象淦 译

- **《乌村幻影》**（小说）
  【罗马尼亚】欧金·乌力卡罗 著　陆象淦 译

- **《裸浴场上的交响音乐会——罗马尼亚20世纪小说精选》**（小说）
  【罗马尼亚】诺曼·马内阿等 著　高兴等 译

- **《我行走在你身体的荒漠——立陶宛新生代诗选》**（诗歌）
  【立陶宛】阿纳斯·艾利索思卡斯等 著　叶丽贤 译

- **《魔鬼作坊》**（小说）
  【捷克】雅辛·托波尔 著　李晖 译

第六辑

- 《简短，但完整的故事》（小说）
  【波兰】斯瓦沃米尔·姆罗热克 著　　茅银辉、方晨 译

- 《三个较长的故事》（小说）
  【波兰】斯瓦沃米尔·姆罗热克 著　　茅银辉、林歆、张慧玲 译

- 《挑衅以及其他故事》（小说）
  【阿尔巴尼亚】伊斯梅尔·卡达莱 著　　李焰明 译

- 《娃娃》（小说）
  【阿尔巴尼亚】伊斯梅尔·卡达莱 著　　张雯琴、宋学智 译

- 《天堂超市》（小说）
  【匈牙利】马利亚什·贝拉 著　　余泽民 译

- 《秘密生活》（小说）
  【匈牙利】马利亚什·贝拉 著　　余泽民 译

- 《蓝色阁楼寻梦》（小说）
  【罗马尼亚】阿德里亚娜·毕特尔 著　　陆象淦 译

- 《两天的世界（上、下）》（小说）
  【罗马尼亚】乔治·伯勒伊泽 著　　董希骁、Mara Arion 译

- 《生活边缘的女孩》（小说）
  【罗马尼亚】米尔恰·格尔特雷斯库 著
  张志鹏、林慧芬、陈进、李昕 译

- 《希特勒金钱》（小说）
  【捷克】拉德卡·德内玛尔科娃 著　　姜蔚茜 译

· 部分书名为暂定，以出版时为准 ·